This is because I have transmigrated
to piggy duke!
シャーロット・
リリィ・ヒュージャック
滅亡した大国のプリンセス。
現在はスロウの従者に
身をやつす
豚公爵に転生したから、
PIGGY DUKE WANT TO SAY LOVE TO YOU
今度は君に好きと言いたい

「大食い大会なんて、スロウ様の独壇場です！」
「すごいです、スロウ様。ウェストが3ミリも！」
スロウ・デニング
アニメ世界に転生した主人公。デニング公爵家三男。クルッシュ魔法学園の問題児だったのだが……？

「水の秘薬を手作りなんて……」
「今さら認めないわ」
シューヤ・ニュケルン
炎の熱血占い師。
スロウにとってのライバル
アリシア・ブラ・
ディア・サーキスタ
水都サーキスタの第二王女であり、
スロウの“元”婚約者

「スロウ様はずるいです。
魔法が上手に使えるからって」
アルトアンジュ
シャーロットがペットにする黒猫。
その正体は、彼女の故郷を守
護していた風の大精霊

「先輩！ もっと魔法教えてください！」
ティナ
スロウの可愛い後輩。
平民にして、
土魔法を発現する

「二歩下がれ」

——何気ない杖の一振りが奇跡の神秘を呼び起こす。
それこそが魔法、目には見えぬ精霊から与えられたこの世の理。

CONTENTS

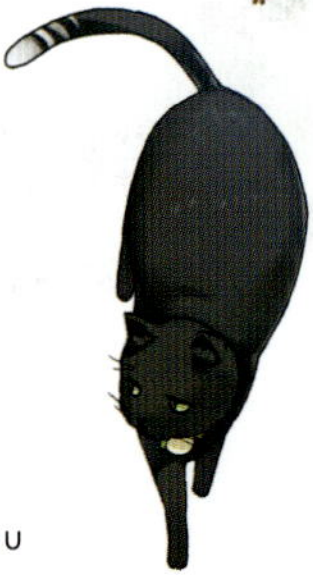

PIGGY DUKE WANT TO SAY LOVE TO YOU

This is because
I have transmigrated to piggy duke!

豚公爵に転生したから、今度は君に好きと言いたい

合田拍子

ファンタジア文庫

2540

口絵・本文イラスト　nauribon

豚公爵は賢く、強く、優しく、
そして悲しいことに根性がありました。
このシューヤ・マリオネットは
裏から見れば
彼の悲哀のお話です。

──『シューヤ・マリオネット』・監督

PIGGY DUKE WANT TO SAY LOVE TO YOU

This is because
I have transmigrated to piggy duke!

序章　真っ白宣言！

目が覚め、俺は前世の自分を取り戻《もど》した。

慌《あわ》ててベッドから飛び下り、寝室《しんしつ》の隅《すみ》に置かれた姿見の前に向かう。

暗闇《くらやみ》に彩《いろど》られた鏡面に、次第《しだい》に浮《う》かび上がるシルエット。

「これはひどい」

そこには、想像を超《こ》えたデブがいた。

黒金の乱れた髪《かみ》を持つ裕福《ゆうふく》そうなデブ、いや、これはもうデブじゃない。

豚《ぶた》だ、気持ち悪い豚が鏡の中から俺を見返していた。

寝起《ねお》き特有の覚醒《かくせい》しきれぬ意識のまま、俺はこちらを見つめる二本足の豚と見つめあう。

寝汗《ねあせ》で額に張り付いた髪の毛が何とも気持ち悪く、相手を舐《な》めているかのような不敵な面構《つらがま》え。こいつ絶対友達とかいないんだろうな、だって金や権力を使って今にも女の子に抱《だ》き付いてぶひぶひ言いそうな雰囲気《ふんいき》を醸《かも》し出してるもん。

……だがしかし、俺はこの顔に見覚えがあった。

「嘘《うそ》だろ……俺って『シューヤ・マリオネット』の世界に転生してたのかよ……」

これはあの大人気アニメに出てくる嫌《きら》われ者の顔だからだ。

剣《けん》と魔《ま》法《ほう》、オークやドラゴンをはじめとする多種多様なモンスター、さらに魔法学園での楽しい生活やかわいい女の子達との触《ふ》れ合いを描《えが》いたファンタジーアニメ。

放送開始直後からいきなり話題をさらった覇《は》権《けん》アニメ、『シューヤ・マリオネット』。

火の魔法の才能に恵《めぐ》まれた貴族の少年が魔法学園に入学し、その変人っぷりで周りから見下されながらも学園の女子生徒達と仲良くなり、彼女達が持つ悩《なや》みや敵国との間で起こる戦争を解決していく熱血ファンタジーアニメである。

何故《なぜ》、俺がそんなアニメの内容を思い出しているのかというと、前世の俺が熱狂《ねっきょう》的な『シューヤ・マリオネット』の支持者だったからだ。

だけど、何故だ?

どうしてだよ、信じたくないよ、こんな現実、認めたくないよ。

だって……だってさ。

「何で俺が豚公爵《こうしゃく》スロウ・デニングなんだよ、もっと良いキャラクター一杯《いっぱい》いただろ……主人公のアイツとかさ……」

大国ダリスを支える大貴族。

風のデニング公爵家三男、豚公爵ことスロウ・デニング。

人を見下す、家柄《いえがら》を鼻にかける、デブ、リアルオークなど様々なヘイト要素を持ち、最終的には実家であるデニング公爵家からも追放される男の子。

さらにはこの男、密《ひそ》かに思いを寄せていた女の子もアニメ版主人公のハーレムの一員になるという不遇《ふぐう》っぷり。親であるデニング公爵からもお前はダンジョンから拾ってきた子供なんだと告げられる哀《あわ》れな豚。

「あーあ。俺の恋《こい》って叶《かな》わないで終わるんだなぁ」

だというのに、嫌われ豚公爵である俺は相変わらずのんきな顔で突《つ》っ立っている。

俺は血色の良い、にへ～っと緩《ゆる》んだ頬《ほお》をぺちぺち叩《たた》く。十六年親しんできた顔がこうも醜《みにく》く映る日が来るなんて想像もしていなかったよ。

「改めてよく見るとひっでー外見してるなあ」

鏡の中には苦しそうに顔を歪《ゆが》める豚がいた。

「………あれ、でも今の俺ってあれだよな」

頭の中にある今までの記憶《きおく》や経験が、現在の状況《じょうきょう》を的確に教えてくれる。

「簡単に考えれば俺、未来を知っちゃったってことじゃね？」

誰《だれ》に言うでもなく、一人ごちる。

そう、これからこの世界で起こる未来が、アニメ知識や掲示板《けいじばん》で考察された全《すべ》ての知識が今の俺の頭に詰《つ》まっている。アニメ版主人公であるあいつが世界を救うまでの過程を全て俺は知ってしまった。

つまり俺の前には無限の可能性が広がっているという何とも素晴《すば》らしい状況なんだけど。

「はぁ」

視界にぶよぶよの腹肉が見え、思わずつまんだ。

「……この体形酷《ひど》すぎるってもんじゃないだろ。意地悪な神様だよなあ、出発地点は超《ちょう》ハードモード。どうせならもっと良いキャラクターに転生させてくれたらいいのに。アニメで主人公張ってるあいつとかさ……」

考えるまでもなく、この体形は酷すぎる。

俺がこれから何をするにおいてもダイエットをして痩《や》せることをまず第一に考えなくてはいけないだろう。幾《いく》ら可愛《かわい》らしい子豚ちゃんが刺繍《ししゅう》されたパジャマを着ているといっても、このだるだるになった醜い体形を隠《かく》しおおせるものではないのだ。

学園史上最大の問題児とか言われている俺、こんな嫌われ者のままじゃ日常生活すら送れないよ。

今までの俺は理由があったとはいえ、我儘《わがまま》な真っ黒豚公爵を演じていた。

演じなければならない理由があった。

けれど、このアニメ知識があれば俺は何にだってなれる。

今までの俺は腹黒で真っ黒でクルッシュ魔法学園でも最悪の問題児だった。

でもこれからは、大切な彼女を守りながらも風の神童として輝《かがや》いていたあの頃《ころ》の自分に戻れるかもしれないのだ。

輝かしい未来を想像し一人で悦《えつ》に入っていると突然《とつぜん》、部屋の扉《とびら》がノックされる。

こんな朝早くに一体誰だ？

俺は寝室を出てリビングに移動した。

「……ぶひ」

またコンコンと扉をノックする音が聞こえる。

「スロウ様、起きていますか？　朝食をお持ちしました」

ほらな。

透《す》き通るような爽《さわ》やかさ、聞き慣れた声が俺の耳に届く。

「起きてるよ。入ってきてくれ、シャーロット」

「はーい」

間延びした声と共に俺の従者――シャーロットが部屋に入ってきた時、俺の心臓がどくんと大きく脈打った。

その可憐《かれん》な容姿に息を呑《の》んだからだ。

「お、おはよ、しゃ、シャーロット」

思わず言葉がつっかえてしまった。おい、キモオタみたいとか言うなよ。だって本当に可愛いんだぞしょうがないだろ！　『シューヤ・マリオネット』に出てくる女の子は皆《みな》可愛いんだ！

「おはようございます、スロウ様！」

肩先《かた》まで伸《の》びたシルバーヘアーは艶《つや》やかで、その姿はまさに雪の女神、いや雪の妖精《ようせい》だ。可愛らしいクルッシュ魔法学園の制服でもなく、ヒラヒラとしたメイド服でもなく、ちょっと地味めだけど真面目《まじめ》さを強調した従者服。

均整のとれた体つきと凛《りん》とした姿勢の良さ。えっしょえっしょと一生懸命《けんめい》に朝食の準備をしている姿はとても可愛らしいのだが、彼女から溢《あふ》れ出る高貴さは従者という身分にそぐわない。

けれどそれも仕方のないことだろう。

シャーロットは秘密にしているが、実は彼女の正体は滅亡《めつぼう》した他国の王女様。

つまり、プリンセスなのだ！

「スロウ様。今日は自分で起きられたんですね」

「ぶひ！」

そしてそんな彼女こそがアニメの中ではアニメ版主人公に奪《うば》われてしまう俺の思い人だったりするのだ。俺は高そうなテーブルに備え付けられた椅子《いす》にでっぷりと座り、てきぱきと朝食の準備をするシャーロットを見つめた。

でも不思議だ。毎日見ていた光景なのに新鮮《しんせん》に感じるのはどうしてだろう？

「朝食の準備をしますので少し待っててくださいねー。今日はシチューみたいですよ」

「朝からシチューか、太りそうだな」

「何を言ってるんですかスロウ様。今更《いまさら》ですよ」

「……それもそうか」

スムーズな動きでテーブルの上に料理や水差しを置いていく従者の姿。

そんな彼女との出会いは十年近くも昔に遡《さかのぼ》る。

うちの実家、デニング公爵領地の大半を占《し》める深い森の中で奴隷《どれい》としてオークションに掛《か》けられていたシャーロットを豚公爵が助けたのだ。小さい頃はシャーロットも豚公爵に対し恩義を感じていたが、アニメの主人公であるあいつとの交流やドストル帝国《ていこく》との戦争を境にどんどん思いは豚公爵から離《はな》れていく。

そしてクルッシュ魔法学園の第三学年、学生としての最後の冬に事態は動く。アニメ版主人公に危ない場面をギリギリで助けられ、シャーロットはハーレムの一員へと堕《お》ちてしまったのである。

豚公爵もシャーロットが主人公に惹《ひ》かれていることに気づき色々と頑張《がんば》ったのだが時既《すで》に遅《おそ》し。やることなすこと全てが空回りに終わり、笑いものになる始末だ。

こんな最悪な豚公爵であるが、大人気アニメ『シューヤ・マリオネット』の登場人物ランキングでは圧倒《あっとう》的な人気で一位を独走していたりする。

可笑《おか》しいよね、だって俺ってこんなにデブで豚で、見るもの全てが思わず溜息《ためいき》を吐《つ》いてしまうような自堕落《じだらく》オークと言われるほどのダメ人間なのに。

さて、その理由は三つある。

一つ目は単純にアニメ版主人公の人気が無いから。

お前にハーレムは相応《ふさわ》しくない！　といった妬《ねた》みである。

大人気アニメ『シューヤ・マリオネット』に出てくる女の子達は皆可愛いのだ。嫉妬《しっと》しちゃうのもしょうがないよね。

「スロウ様。お食事の用意が出来ました。シチューは熱いかもしれないのでよくフーフーしてくださいね」

「ぶひぃ！」

俺の声だ！

豚である俺は、時々こんな可笑しな声が勝手に口から出てしまうのだ。

おっと、そんなことはどうでもいいな。

アニメの中で豚公爵が人気を博した理由、その二つ目は豚公爵の表に出ない頑張りっぷりから。

シャーロットの素性《すじょう》が最後まで世に出なかった理由。

それは全て、豚公爵の奮闘《ふんとう》によるものだ。

豚公爵はアニメの中で敵国として描かれている帝国に狙《ねら》われていたシャーロットを守るために、アニメの裏側で様々な刺客《しかく》たちと日夜戦っていた。けれどその功績を誰にも告げず、美味《おい》しいところはアニメ版主人公に持っていかれる可哀想《かわいそう》なヤツなのだ。

そして作中では豚公爵《ぶたこうしゃく》はシャーロットへの恋心《こいごころ》を最後まで明らかにせず、裏設定では豚公爵だけが彼女が滅亡した大国の王女であることを知っていたことが明かされた。

たった一人で戦っていた嫌《きら》われ者、そんな悲哀《ひあい》が視聴者《しちょう》に受けていたのだ。

まあこんなオークの中でも迫害《はくがい》を受けそうな外見の豚がシャーロットに好意を伝えても結果は火を見るより明らかであっただろうが。

そして、豚公爵が人気がある最後の理由。

それは。

「……シャーロット。いつもありがとうぶひよ」

「え」

シャーロットは俺の言葉に心底ビックリしたようだった。

ビックリしすぎて持っていた紅茶セットを落とし、ガシャンと金属特有の甲高《かんだか》い音が立てられる。

「ご、ごめんなさいスロウ様っ」

「いや、気にしないでくれ」

慌《あわ》てて割れた破片を拾い集めようとするシャーロットが驚《おどろ》いて、俺を見た。

赤い絨毯《じゅうたん》の上で割れた破片がふわふわと浮《う》き華麗《かれい》な踊《おど》りを披露《ひろう》している。

裏設定で明らかになった事実だが――

「小さく静かな風の悪戯《ウィンドルダンス》」

――豚公爵は歴史上、最も精霊《せいれい》に愛されたとされる魔法使《まほうつか》いだったのだ。

季節は春、ピッカピカの新入生を迎《むか》えたばかりの爽やかな春うらら。

真っ黒豚公爵は、いや俺は十六歳。

クルッシュ魔法学園に入学して一年がたち、既に俺の悪評は学内に留《とど》まらず他国にまで知れ渡《わた》っていた。

けれど、そんなことどうだっていい。

「シャーロット。今更だけど……おはよう」

俺の従者、シャーロット。

いや、滅《ほろ》ぼされし大国のお姫様《プリンセス》シャーロット・リリィ・ヒュージャック。

「お、おはようございます。スロウ様」

ぺこりと頭を下げる君を目にして。

アニメの中では成し遂《と》げられなかったけど、俺は君に相応しい男になるよと心の中で固く誓《ちか》った。

一章　クルッシュ魔法学園の問題児

大人気アニメ『シューヤ・マリオネット』放送前。

何も明かされていない空白の時期に俺はいた。

アニメの舞台《ぶたい》であるクルッシュ魔法学園。歴史ある石造りの校舎や新緑に染まった木々の葉を視界に収め、早朝の爽やかな風を肌《はだ》に感じながら俺が考えるのはたった一つ。


このデブ！　このデブ！　このデブッ！

俺は今までの自分、真っ黒豚公爵に対して呆《あき》れ、そして怒《おこ》っていた。

こいつが何故《なぜ》デブになり、貴族としてあるまじき振《ふ》る舞《ま》いを通じて周囲からのヘイトを貯めていたのか知ってしまった。

「ぶほ、ぶう、ぶっひっひ」

真っ黒豚公爵、全《すべ》て計算ずくのつもりでした！

騎士《きし》国家とも評されるダリスの国軍を統括《とうかつ》する権力を王室より与《あた》えられた大貴族。

デニング公爵家に生まれついた人間が平民の従者と結ばれるなんて許されない。故《ゆえ》に皆から疎《うと》まれ、公爵家の品格を落とし、最終的には家から追放されるように仕向けた呆れるほど気の遠くなるような戦略だ。

家を追放された後はどこか遠くの地でシャーロットと慎《つつ》ましく暮らす夢があったらしいが、そんな真っ黒豚公爵の夢は叶《かな》わない。

愛《いと》しの彼女がこの世界の主人公であるあいつに奪われてしまうことを俺は知っている。

「ぶっひっひ、ぶっひ、ぶっひひ、ぶふ～、ぶっひっ」

滝《たき》のような汗《あせ》を流しながら、人っ子一人見えない早朝の運動場でランニングに精を出す。服は汗でベトベトで足は今にも縺《もつ》れそう。あーもうメチャクチャしんどいよ。

おい真っ黒豚公爵、いや俺さ、どんだけ運動しなかったんだよ！　こんな醜《みにく》い姿であのシャーロットが振り向いてくれるわけないだろ！

「なぁ見ろよ……朝っぱらから豚公爵が走ってるぞ……」

「あの豚公爵がこんな朝からランニング？　この一年間、あいつが走ってる姿なんか見たことないってのってうわほんとだ……オークが火炙《ひあぶ》りされてるみたいだなあの姿……」

「おい声がでかいって……あいつに聞こえたらどうするんだ……。腐《くさ》ってもあのデニング公爵家の人間なんだぞ……」

朝ご飯を求め、寮《りょう》から食堂へ向かう道中の生徒達から陰口《かげぐち》や冷やかしの声が聞こえてくる。だけど俺は精一杯腕《せいいっぱいうで》を振り、えっほえっほと走り続けた。

真っ黒豚公爵が周りからどれだけ揶揄《やゆ》されても太り続けた理由、それは国中の人たちに自分は無能だとバカにされ続けないといけないからだ。

騎士国家ダリスで異彩《いさい》を放つ大貴族、風のデニング公爵家。

今のデニング公爵、つまり父上から俺は溺愛《できあい》されていた。自分で言うのも何だが、俺の才能は飛び抜《ぬ》けている。どれぐらいのものかと言うと、公爵家の長い歴史を見ても俺に匹敵《ひってき》する才能の持ち主はいないそうで、物心付いたときから俺は次代公爵となるべく英才教育を受けていたぐらいなのだ。

「ねえ、もしかしてあの人が……？」

「噂《うわさ》には聞いてたけど……私、あんなに太ってる人初めて見たよ……」

「君たち新入生か……？　彼がクルッシュ魔法学園史上最悪の問題児、スロウ・デニングだ。平和な学園生活を送りたいならあまり近寄らないほうがいいぞ……」

しかし六歳の時。

俺はデニング公爵領地の森の中で違法《いほう》な奴隷市場を見つけ、悪戯な風の精霊から壇上《だんじょう》に並べられている一人の女の子の悲しすぎる素性を知ってしまった。目の前に見える痩《や》せ細った女の子があの滅亡《めつぼう》した大国の王女だと知ってしまった。彼女がどんな目に遭《あ》い、奴隷にまで身をやつしたかを知ってしまった。

そんなシャーロットを助け出し、俺の専属従者として抜擢《ばってき》してから数年後。

俺は自分の未来を大きく左右するであろう決断を下した。

真っ黒豚公爵となることを決めたのだ。

「ちょっと……あれって豚公爵じゃん……」

不摂生《ふせっせい》な生活、理不尽《りふじん》な物言い、聡明《そうめい》であった次代公爵は我儘《わがまま》なお坊《ぼっ》ちゃんになり、それはもう見事に堕落《だらく》した豚へと進化を果たす。いや、この場合は退化か。

そしてそんな豚公爵にとってはこの学園生活が最後の肝《きも》だった。

「ぶひっ、ぶひっ、ぶっひっひ」

アニメでは見事、豚公爵の策略は成功した。

父親であるデニング公爵から豚公爵は『スロウ。実はお前はダンジョンの中から拾ってきた子供なのだ』と橋の下で拾ってきた子扱《あつか》いをされ、デニング公爵家からの追放が目論《もくろ》見《み》通り決まったのだから。

「ぶひっ、ぶひっ、ぶひひっひ」

――けれど、俺はそんな未来はごめんだ！

俺はとあるイベントでアニメの総監督《そうかんとく》が言っていた言葉を思い出す。

『豚公爵は賢《かしこ》く、強く、優《やさ》しく、そして悲しいことに根性《こんじょう》がありました。この『シューヤ・マリオネット』は裏から見れば彼の悲哀のお話です。豚公爵は一人で全てを達成する力を持っていたために、シャーロットを主人公に取られたのです。豚公爵の何よりの誤算は北方と南方との間で戦争が起きてしまったこと。アニメ版主人公と縁《えん》が出来てしまったために戦争に巻き込まれたシャーロットの素性を隠《かく》し通すことは至難の業《わざ》でした。けれど豚公爵はアニメの舞台裏で己の従者を守り続けた』

シャーロットへの思いを誰《だれ》にも打ち明けず、万事《ばんじ》をたった一人で行い、全てが終わった後に気持ちを伝えようとしたバカが真っ黒豚公爵だ。

誰に頼《たよ》ることもせず、ただ一人の少女を思い続けた豚が俺だ。

「ぶっひ、ぶっひ。ぶっひっひ」

けれど、俺はそんな未来を歩みたくない。

アニメの中のように、誰からも理解されず、孤独《こどく》のまま打ち捨てられる人生は嫌《いや》だ。

だから痩せて、まともになろう。

さすがに今の俺を取り巻く状況《じょうきょう》は酷《ひど》過ぎる。折角の学園生活をしているにもかかわらず友達ゼロ、話せる相手は従者一人とか、幾《いく》ら自業自得《じごうじとく》とはいえ涙《なみだ》が出てくる。

まず学園の皆《みな》との関係を改善させ、シャーロットと共に快適な学園生活を手に入れたい。偽《いつわ》りの真っ黒豚公爵ではなく本当の俺のまま、彼女と共に生きていくのだ。

でもデニング公爵とかになるのは大変なので嫌だ。俺はシャーロットと二人、そこそこの生活が出来れば満足なのだ。

そんな頑張《がんば》ってる俺なのに……マントを羽織った貴族の女の子達からの視線が突《つ》き刺《さ》る。まだ走ってるとか、ダイエットなんて今更《いまさら》無理とか！　くそ、イライラする！

アニメの中で豚公爵はまず外見を徹底《てってい》的に堕落《だらく》させていた。

リアルオークとまで揶揄《やゆ》される外見は無能を表すシンボルとしてはピッタリだからだ。

「ぶっぶひあああ。ぶひあああああああっっ‼」

物思いにふけりながら走っていると運動場に埋《う》まっていた石を踏《ふ》んでしまい、バランスを崩《くず》した俺は勢いよく地面に転がってしまった。

痛い、顔に傷が付いたかもしれない。情けない姿だ、これが精霊に愛された俺の姿か。

「皆見ろよ。あれがデニングの豚踊《ぶたおど》りだぜ」

「声大きいって……聞こえちゃうよ……」

「聞こえるもんか、この距離《きょり》だぞ」

俺は身体《からだ》についた土を振り払《はら》いながら立ち上がり、さっきから喧《やかま》しい奴《やつ》らを睨《にら》んだ。

ふざけんな、全部聞こえてるっての。でも俺が聞こえない振りをしてるのはしょーもない陰口に反応するよりもっと大事なことがあるからだよ！

さて、……今日はこんなもんにしておくか。

全身に付いた泥《どろ》を払い、腰《こし》に差したデニングの家紋《かもん》入りの黒杖《こくじょう》を軽く振るう。

爽《さわ》やかな風が肉体を包み込み、身体から汚《よご》れが綺麗《きれい》さっぱり取り除かれる。

「豚公爵《ぶたこうしゃく》って相変わらず魔法《まほう》の腕《うで》だけはすごいよね……でもこの方向ってもしかして……」

「……これは珍《めずら》しい。特別扱いのスロウ・デニングが自分の足で食堂に行くとは」

運動場の向こう側に向かう俺を珍しそうに見ている奴らが多数いる。

だけど俺はそんな視線を気にすることもなく、どっしんどっしんと大きな音を立てながら食堂に向かって歩いていったのである。

どっかーんと食堂の扉《とびら》を開くと、大勢の生徒たちが何列にも及《およ》ぶ長机の席に座って朝ごはんを食べていた。

カッチャカッチャと食器が触《ふ》れ合う音が響《ひび》き渡り、所狭《ところせま》しと並べられた長机の間ではフリフリのエプロンドレスを着たメイド達が両手で朝ごはんの載《の》ったお盆《ぼん》を持ち慌《あわただ》しく動き回っている。

さて、俺はどこに座ろうか。身体が大きいから誰かの間に挟《はさ》まれるのは嫌だな……。よし、入り口近くの隅《すみ》っこに座ろう。

「どっこいしょっ〜と」

やばい、椅子《いす》からはみ出してしまいそうだ。

俺、太り過ぎだろ。ぷぷぷ、余りにもでっぷりとした光景に思わず笑いそうになった。

やっぱり俺は豚公爵！　ダイエットしなきゃな！　というかさ、この椅子いきなり壊《こわ》れたりしないよね？　大丈夫《だいじょうぶ》？

「お、おおはようございます‼　こ、ここ。こちらに置いてもよろしいですかっ！」

席に着くとすぐに可愛《かわい》らしいメイドが俺に朝ごはんを運んでくる。

おずおずと緊張《きんちょう》した面持ちで、冷や汗を垂らし手元は震《ふる》えている。いつもは自室に食事を運ばせている俺が食堂に来たことが信じられないのだろう。

「ここに置いてくれ、そう、そこでいい。ありがとう」

「え……？　あ、あ、……は、はぃいぃいぃ！」

顔を赤くしてそそくさと立ち去るメイドに次々と他のメイドが駆《か》け寄ってきて何かを話しかけている。

きっと大丈夫だった？　とか意地悪されなかった？　とか言ってるんだろうな。

「……はぁ」

改めて気付かされる驚愕《きょうがく》の事実。

俺って……メイドさん達からも怖《こわ》がられてるんだなー……。

「うまうま、うまうま」

猛烈《もうれつ》な勢いで朝ごはんを口に運んでいく。

こうして皆と一緒《いっしょ》に食べるのも悪くないもんだ。大勢の話し声を聞くと自分も誰かと喋《しゃべ》っているような気分になれるからな。勿論《もちろん》、俺に友達はいないけど。

「もぐもぐもぐもぐ、あれ？　食べ物が全部無くなった。え？　嘘《うそ》でしょ？」

あっという間に食器が空になる。

え？　ちょっと待ってよ。量が少なくない？　嫌がらせ？　それに味付けも薄《うす》いしさ。

皆はこの味や量で満足してるの？

俺は辺りを見渡《みわた》して皆の反応を眺《なが》める。……な、なに？　俺と目が合うと気まずそうに下を向いたり、友達と喋っていた子らもそそくさと立ち上がり食器を片付けに行ってしまった。

え？　どゆこと？　かなり傷つく反応なんだけどそれ。虐《いじ》めか？　虐めなのか？

「スロウ様。宜《よろ》しければこちらをお召《め》し上がり下さい」

ずいと俺の目の前に朝食が載ったお盆が置かれる。おっ、何だ何だ。

顔を上げるとそこには綺麗な金髪《きんぱつ》の男がいた。

サファイアのような薄い青色の瞳《ひとみ》、男の癖《くせ》にどこか少女のような微笑《ほほえ》み。つまり、俺の大嫌《だいきら》いな美少年がそこにいた。

えーと、こいつ誰だったかな。

確か俺と同学年で……ああ、そうだ。思い出した。グレイトロード伯爵《はくしやく》家の長男だったな確か！　アニメにも出てこなかったモブキャラだ。

「僕はビジョン・グレイトロードといいます。ダリス南東部一帯を治めているグレイトロード伯爵家の嫡子《ちやくし》です。デニング公爵《こうしやく》領地程《ほど》の大きさはありませんが、名誉《めいよ》においてはこの学園でもかなりのものだと自負しております。お見知りおきを、スロウ様」

朝から爽やかに挨拶《あいさつ》をされると悪い気はしないもんだ。

しかしどこからか誰かの舌打ちが聞こえ、お喋り声が消えてゆく。囁《ささや》き声と突き刺さる視線、食堂にいる皆が俺とこの金髪に注目しているようだった。

でも皆のそんな反応も理解出来る。こんな人目がある食堂で堂々と俺に話しかけてくる奴なんて今までに一人もいなかったからだ。

でも、こいつ。何でいきなり俺に話しかけてきたんだろう……何が狙《ねら》いだ？

「つまり、えーと……。お前は俺に朝ご飯を献上《けんじょう》してくれるってことか？」

「はい、スロウ様は食堂に来る前にランニングをしておられましたね、ですから一人分の食事では足りないと思いまして。是非《ぜひ》、僕の分までご賞味下さい」

「ほー、良い心遣《こころづか》いだな、さすがに伯爵家ともなれば礼儀《れいぎ》も分かってるってことか、ええと……お前、名前何ていったっけ」

「ビジョン・グレイトロードと申します」

「お前の心遣い、しっかりと俺の心に届いたぞ」

「で、では！　受け取って頂けるんですね！　スロウ様！」

「……」

当たり前の話だが、俺のお腹は一人分の朝食では一杯《いっぱい》にならない。

……だからすっげー誘惑《ゆうわく》！　想像以上のパンチ力で俺の食欲を刺激《しげき》する魔法のようなその言葉！　でもダメだダメだ！　ダイエットするって誓《ちか》いはどこにいったんだよ！

俺は顔を上げ、公爵家の者らしく威厳《いげん》をもってインチキ美少年を拒絶《きょぜつ》した。

「悪いがビジョン。俺はな、自分の分だけで充分《じゅうぶん》なんだ。それにお前の分をもらったらお

前の朝ご飯が無くなるだろ？　だからこれは受け取れ…………う、はうッ！」

突如《とつじょ》お尻《しり》に違和《いわ》感、いや虚無《きょむ》感。

「うわあああ！！！　わああああああああああああ！！！」

俺の体重を支えきれなかったのだろう、椅子の脚《あし》がばきりと音を立てて折れ、俺の身体が冷たい床《ゆか》に投げ出される。

大広間の食堂は即座《そくざ》に沈黙《ちんもく》、だがしかし大爆笑《だいばくしょう》に包まれるのもまた早かった。

「ははっ！　今の見たかよ！　あれがデニング！　デニング公爵家の豚公爵！　早起きして食堂来て良かったぜ」

「おい笑うなって！　ふひ！　あいつに目をつけられたら大変だぞ……ふひ！」

くそ！　笑うな！　俺は悪くないぞ！　椅子の耐久性《たいきゅう》の問題だろ今のは！

ゆっくりと立ち上がり、荒《あら》い息を吐《つ》きながら周りをぎろりと一睨み。次俺のこと笑った奴は魔法でぶっ飛ばす。そんな気合を視線に込めた。

俺の思いが通じたのか、食堂は波が引いたように静かになる。

「あ。あの……？　スロウ様。本当に朝ご飯いらないんですか？」

「おいお前黙《だま》れよ。それに見てわからないのか？　俺はお腹一杯なんだよ。だからこれから朝ご飯あげますとかふざけたこと二度と言うなよインチキ美少年」

「い……インチキ？」

「お前のことだよインチキ美少年野郎《やろう》……ほら！　とっととこの朝ご飯を片付けろ！　目に毒なんだよおい！」

「……あの。無理されてませんか？　お腹減ってないんですか？」

「は？　誰《だれ》が無理なんかしてるかよ。いいか？　俺はこの外見だから勘違《かんちが》いされがちだがな、意外と小食なんだよ。理解したなら復唱しろ」

「ス、スロウ様は意外と小食！」

「そうだ、それでいい。じゃあな」

けれど嫌《いや》な出来事というものは続くもの。

食堂から出ていく間際、俺のお腹が大きなうねりを上げてグーと恥知《はじし》らずな音を鳴らしてみせる。

途端《とたん》に中から聞こえる大爆笑。

俺は顔面を発情期のオークのように真っ赤にさせながら、男子寮《りょう》へと走り出したのであった。

「──魔法の使用には、皆《みな》さんもご存じでしょうが精霊《せいれい》に愛されることが何よりも大切です。さらに近年アカデミーが発表した最新研究報告を読み解きますと面白《おもしろ》い仮説が記されています。火の精霊は熱い血を好み、水の精霊は優《やさ》しき血を好み、土の精霊は真《ま》っ直《す》ぐな血を好み、風の精霊は賢《かしこ》き血を好むことが明らかとなったというものです」

前世の俺なら魔法？　精霊？　それなんてファンタジー世界ですか？　と言いたくなる言葉の羅列《られつ》が俺の耳に飛び込んでくる。

話し手は教壇《きょうだん》に立つ一人の女性。落ち着いた口調は猛烈な眠気《ねむけ》を誘《さそ》うと評判のアルル先生で、今も生徒の半分ぐらいは居眠《いねむ》りに精を出していた。

「精霊は先祖代々より受け継《つ》がれる洗練された貴族の血を好むと言われています。けれど平民の皆さんも心配する必要はありませんよ。このクルッシュ魔法学園を卒業した平民生徒の中には在学中に魔法を使いこなせるようになった者が数多く存在するのですから」

俺は階段教室の一番上の列を一人で占領《せんりょう》しながらアルル先生の話を聞いていた。別に誰かが近くに座ることを嫌がっているわけじゃないぞ。誰も俺と同じ列や近くに座ろうとしないのだ。うーん、遠慮《えんりょ》しなくてもいいんだけどな。俺は心を入れ替《か》えたわけだし。

「魔法の威力《いりょく》を高めるために精霊が好むものを杖に埋《う》め込むといったやり方も効果的です。例えば、かの高名な魔法使いデニング公爵は杖に風の精霊が好むアマの実を丸々一個すり潰《つぶ》して埋め込んでいるとされています」

教壇のアルル先生からもチラチラと視線を感じる。きっと俺のことがボス豚《ぶた》みたいに見えてるんだろうな。

「クルッシュ魔《ま》法《ほう》学園は長い歴史から偉《い》大《だい》な魔法使いを多数輩出《はいしゅつ》しています。皆さんも先《せん》輩《ぱい》に続くよう勉学に励《はげ》まないといけませんよ。それでは本日の魔法学の授業を終わります」

アルル先生の言葉にふんふんと頷《うなず》きながら、部屋を出ていく生徒達を俺は眺める。

気づいたことだが俺には友達がいなかった。いや気づくまでもなかったのだが、皆が俺を避《さ》けていた。気持ちは分かる。こんな豚公爵《こうしゃく》と仲良くしたくないよな。

しかし俺は声を大にして言いたいのだ。俺は変わった、と。

でも実際に自分からそんなこと言い出したら変人確実。最近は意地悪とかしてないんだけど今までのイメージが悪すぎる。

俺は皆が部屋から出て行ってからのっそりと椅子から立ち上がった。

「ミスタ・デニング。今日は素《す》晴《ば》らしかったですね。まさか貴方《あなた》が魔法の開祖とされている古《いにしえ》の魔王の時代についてあれほどの知識を持っていたとは思いませんでした」

教壇で次の授業の準備をしていたアルル先生が俺に喋りかけてくる。

サラサラの茶髪《ちゃぱつ》は腰《こし》まで伸《の》び、黒いローブを着ているために服の中の体形がどうなっているかは分からない。魔法アカデミーの研究者として数年働いた後、この魔法学園の魔法学の教師に着任。幼げな顔立ちだが、掛《か》けられている丸眼鏡がどこか知的さを醸《かも》し出す。

教科書通りの授業が退屈《たいくつ》との評判だが、基本を大事にする先生だと俺は考えていた。

「大陸北方一帯を支配しているドストル帝国《ていこく》に対抗《たいこう》するために発足した南方四大国による同盟関係、通称南方四大同盟の一国。古の魔王は魔導大国《ミネルヴァ》の偉人《いじん》であり、俺達が当たり前のように使っている魔法の開祖ともいえる人が生まれた時代ですから当然ですよ」

「あら。授業中に居眠りしなかったのも驚《おどろ》きですが、何だか今日のミスタ・デニングはいつもと違《ちが》って非常に知的に見えます。ああ、そうでした。聞きましたよ、最近ダイエットに取り組み始めたとか」

「さすがに太り過ぎだと気付いたので……あ、先生、少しそのまま動かないで下さい」

俺はアルル先生の前にどすどすと歩いていく。目の前に立つとアルル先生は俺を見て縮こまっていた。さながら豚に睨《にら》まれた蛙《かえる》である。先生ごめん、こんな豚公爵が前に立ったら威圧《いあつ》感があるよな。だけどそれを目にしたからには放っておけない。

「先生に迷惑《めいわく》を掛けたらダメだぜ」

その一言で悪戯《いたずら》好きな風の精霊が一体、先生の身体《からだ》から離《はな》れ窓の外へと飛び立っていった。あのままだったら何か悪戯をされていたに違いない。廊下《ろうか》で紙の束を持っている時に強い風が吹《ふ》くとか、ローブがめくれてあれまってなったりさ。風の精霊は六大精霊の中でも一番悪戯好きなんだよ。

「あ、あの？」

「それでは先生。失礼します」

頭の上にクエスチョンマークを浮《う》かべたアルル先生に軽く会釈《えしやく》し、教室を出た。

普通《ふつう》の人には見えないこの世の不思議。実は俺、精霊が見えるんですなんて言ったら伝説の再来だって大騒《おおさわ》ぎ、もしかしたら魔法を研究してるアカデミーに連れて行かれ、怪《あや》しげな研究の実験台にされる可能性もある。

それだけは嫌だ〜っとブルブル震《ふる》えながら廊下を歩き、次の授業に思いを馳《は》せた。苦手な体術、けど豚公爵である俺は先生から運動場で走る許可でも貰《もら》おうと思う。噂《うわさ》に疎《うと》そうなアルル先生も俺がダイエットをしていると知っているんだからスムーズに許可が下りるだろう。

何せ俺はデニング公爵家の人間だ。ダイエットを出来るだけ早く成功させるために公爵家の威光《いこう》を使うことに躊躇《ためら》いはないぞ？　いっつも体術という名の取っ組み合いをしてる皆に暴言を吐いて授業妨害《ぼうがい》をしていたことに比べれば運動場で走りたいなんて言えば先生も涙《なみだ》を流して喜ぶことだろう。

よし！　早くダイエットに成功して細マッチョになるぞ！

●

「スロウ様があんなにズバズバと先生からの質問に答えるなんて……夢みたい……」

透《す》き通るようなシルバーヘアを肩《かた》の先まで伸ばした少女がぽかーんと口を開けて座り込んでいる。

「それにいつもと違って居眠りの回数がゼロ！　魔法学の授業は居眠りが多発するって評判なのにこっくりこっくり居眠りしなかったのはスロウ様だけ……これって夢？　あ……いたぁい」

彼女は校舎の外からガラス窓を通し、魔法学の授業が行われていた教室をずっと覗《のぞ》き込んでいたのである。目的はモンスターであるオークの生態観察、ではなく彼女の主《あるじ》である少年の授業態度を観察するためだ。

「今日からダイエットのために毎朝ランニングするって言ってるし……スロウ様に一体何があったんだろう……悪いものでも食べたのかな……スロウ様雑食だからなあ……」

テストの点数は良くても授業態度は最悪。学園の先生方からはむしろ居眠りしてくれた方が遥《はる》かにマシと評される学園の異端児《いたんじ》。

普段《ふだん》は穏《おだ》やかなアルル先生に答えるよう指名されても「空きれい」とか「すっぱいリンゴ」等、とんちんかんな迷《めい》解答を連発していたスロウである。

だけど今日に限っては誰もが解答に窮《きゅう》した先生からの問いにスラスラと答え、教室にいた者は皆目を丸くしてスロウを見ていた。それは外からこっそりと教室内を覗いていたシャーロットも同じ。

「でも……もしもだよ？　もしも本当にスロウ様が良い子になるのなら手助けしてあげなきゃ……スロウ様が痩《や》せれば私の従者としての評価も上がってお給料が上がるかもしれないし……」

何かを決断したらしい見目麗《みめうるわ》しい少女は握《にぎ》りこぶしを作り、そそくさとその場を去っていったのであった。

●

ダイエットを開始してから数日がたった。

端的《たんてき》に言うと、地獄《じごく》のような毎日だった。

脂肪《しぼう》に包まれたこの身体を痩せマッチョにするには忍耐《にんたい》が必要だ。どれだけ悪口を言われようとも俺はダイエットのために肉体を酷使《こくし》し続けた。

そんな地獄のような毎日でも楽しみというものは探せばあるものだ。

ビジョン・グレイトロードというインチキ美少年を覚えているだろうか。まあアニメにも出てこなかったモブキャラだから覚えてなくても仕方ないよ。あいつだよあいつ。俺に朝食を献上《けんじょう》するとか言い出したあいつだよ。

俺は万能《ばんのう》のアニメ知識をゲットした日からデリバリー朝ごはんをすっぱりと止《や》め、毎朝食堂へ通うようになっている。

だけど一人寂《さび》しく朝ごはんをぱっくんちょしているわけじゃない。

朝食献上マンと化したインチキ野郎《やろう》があれから毎回話しかけてくるようになったのだ！　会話の内容は授業や学園の噂話《うわさばなし》といったたわいのないものや俺を持ち上げるおべっかとか様々だ。若干こいつ何でこんな俺に媚《こ》びてんの？　とか思うけど、友達のいなかった俺にとっては新鮮《しんせん》で楽しい時間であることは間違《まちが》いない。

もうあいつとは友達って考えてもいいかもしれないな。いやあ、やっぱり分かる人には分かるんだなぁ。俺が真っ黒から真っ白に変わったってことがさ。

そして、ようやくこの時間がやってきた。

机にかじりついての座学ではなく、実践《じっせん》形式として行われる魔法演習の授業の時間だ。目標の一つである友達作りにこれほど有意義な授業もないだろう。

俺はどっすんどっすんと走りながら魔法の練習用に整備された演習場に近づいていく。

「相変わらずでっかい音で走ってるな豚公爵……」

「ああ豚公爵かよ……オークキングが学園を襲撃《しゅうげき》したのかと思ったわ……」

だだっ広く刈《か》り取《と》られた草むらは所々焼け焦《こ》げていたり、水溜《みずたま》りがあったり、落とし穴のような穴ぼこが発生していたりと荒《あ》れ放題。魔法演習の授業で使われる演習場は変な魔法現象が起こっても周囲に波及《はきゅう》しないよう校舎や寮《りょう》がある学園の中心部からは離れた場所に作られている。

まあ学園の生徒が使う魔法なんてたかが知れてるんだけど、たまに魔力が暴走して可笑《おか》しな魔法現象を引き起こす奴《やつ》がいるんだよ。

「ふっふっふ、腹が鳴る……じゃなくて腕《うで》が鳴るぜ」

何をかくそう俺はこの魔法演習の授業が大好きだった。

だって先輩である第三学年の生徒を含《ふく》めても、この魔法学園で俺より魔法が上手い生徒はいないからな。魔法演習の授業は俺の独壇場《どくだんじょう》なのだ。ぶひぶひ。

「おーい。ひよっこ共集まれー、ほらダーッシュー走って集まれー、全力ダッシュしろー」

魔法演習の授業を担当している先生の方へと歩いていく。

バリッとした黒シャツは見事に鍛《きた》えられた二の腕の辺りまで捲《まく》り上《あ》げられ、服の上からでも先生が鍛え抜《ぬ》かれた身体をしていることは容易に想像出来る。

だが、その外見が問題だった。

奇抜《きばつ》な黒いアフロ、何だその髪型《かみがた》ふざけんな。以上。

先生の癖《くせ》に俺たち以上に自由を謳歌《おうか》しているあの人が魔法演習を担当しているロコモコ先生である。

「魔法演習の授業を開始するぞー。ひよっこ共こっちこーい。はーい、3、2、1」

されど、侮《あなど》るなかれ。

貴族の生徒達がストレス解消とばかりに魔法をぶっ放すこの授業には何が起こっても即《そく》座《ざ》に対応出来る優《すぐ》れた先生が必要であり、幸いにしてロコモコ先生はそんな魔法演習の授業にぴったりな人材だった。

「おーし。ひよっこ共全員揃《そろ》ったなー」

何せロコモコ先生はクルッシュ魔法学園の学園長が王室騎士団《ロイヤルナイツ》から直々に引き抜いてき

た凄腕《すごうで》なのだ。

ダリス王室を守るために組織された王室騎士団《ロイヤルナイツ》。

彼ら王室騎士《ロイヤルナイト》のみが着用することを許される白マントは貴族の憧《あこが》れであり、騎士団を構成する王室騎士《ロイヤルナイト》達はそれぞれがとんでもない凄腕の魔法使《まほうつか》いだ。

「ロコモコ先生ー。全員揃ってませーん」

「今ここにいない奴はサボりってことで授業始めるからなー」

さて、これから始まる魔法演習の授業はそんなロコモコ先生が指定する様々な魔法を生徒がぶっ放してロコモコ先生が改善点を述べていくってスタイル。軽い怪我《けが》なんて日常茶飯事《にちじょうさはんじ》だ。

「今日は二人組作ってもらってーお互《たが》いに相手の魔法のダメな所を言い合ってもらうぞー。そして言われたことをレポートに纏《まと》めて提出し来週までに出来るようになっていることー」

悪魔の言葉かよ！

俺は茫然《ぼうぜん》としてその場に立ち尽《つ》くし、ふらふらとゾンビのようにゆっくりと辺りを見渡《みわた》した。他の皆《みな》はそそくさとペアを作ってゆく。中には仲良しの恋人《こいびと》と組むリア充《じゅう》の姿も見え、俺はぶるぶるとその場で震えるばかりだった。

当然、俺はその場にぽつんと取り残される……ふざけんな組む相手いねえよ！　だって俺はこの学園で一番の嫌《きら》われ者！　全くよう、よくそんな鬼畜《きちく》なこと思いつきますねロコモコ先生！

「……いや、まてよ？」

二人組……魔法の打ち合い……パートナー。

おいおい、これはもしかして友達作りの絶好の機会なんじゃないか？　そうと分かればさてはて誰《だれ》か残ってる人はいないだろうか。魔法のエキスパートである俺が優《やさ》しく教えてあげるとするか。

だけど、余っている子はどこにもいなかった。

あれ、可笑しいな？　皆友達いるの？　すごいね……。じゃあ豚公爵《ぶたこうしゃく》は一人で魔法ぶっ放すことにしますね……。ほんとに誰も俺と組みたい人いないの？　……うん、まあ俺友達いないし、学園一の問題児だからね。

俺がとぼとぼと組む相手のみつからない演習場を放浪《ほうろう》していると、魔法演習の時間帯だというのに杖《つえ》をぶんぶんと振《ふ》り回しているだけの可笑しな集団を見つけた。

「あれは……平民か」

魔法が使えない平民生徒が演習場の一角に固まっている。

一年生だろう見覚えのない新入生達が必死に魔法を使おうとしているのだろうけれど、その様子は俺にはただ杖を振っているだけにしか見えなかった。

それに彼らの周りには形容しがたいどんよりとした空気が漂《ただよ》っている。

「――あ」

そんな集団の中に俺は見覚えのある子がいることに気付いた。

アニメ版主人公のハーレムに潜《もぐ》り込んだ色恋《いろこい》に積極的な平民生徒。ハーレムをかき乱す彼女の裏にはシモネタ知識やモテ仕草を教え込んでいた黒幕がいたのだ。

それは――。

「――ティナ」

アニメ視聴《しちょう》者の中でも一部からは、ええい主人公のハーレムはいいから、エロ本魔王にスポットライトを当てろぅと言われていたぐらい人気があるサブキャラで、アニメの中に出てくるとついつい目で追っちゃう、俺もかなり好きなキャラクターだ。

艶《つや》やかな長い黒髪《くろかみ》を後ろで纏め、スラリとしたスタイルが特徴《とくちょう》的な健康的な女の子。さらにアニメの中では隠《かく》れてない巨乳《きょにゅう》、全然隠れてないよエロ本魔王とまで言われていた大きな胸が制服を下から押し上げている様子をはっきりと肉眼で確認《かくにん》出来た。

「えっと。デニング様ですよね？　何でこっちを見てるんですか？」

こんなこと言うとあれだけど、シャーロットには無い危険な色気を持っている女の子。見かけだけは真面目《まじめ》そうな女子生徒だけれど、その実態は恐《おそ》るべき耳年増《みみどしま》でありエロ本魔王。

アニメの中では学園に平民文化の極みらしいエロ本を流通させて大金を稼《かせ》いでいたやり手の少女。娯《ご》楽《らく》が少なくて世間知らずが多い貴族生徒にはエロ本の表紙見せただけでイチコロですから、とアニメ視聴者も呆《あき》れかえった金策を実行した強心臓の持ち主だ。

そんな裏表のあるティナが杖をしまい、俺を見ていた。

「もしかして組む相手がいないんですか？　でも私たち、誰も魔法使えませんから……すみません、先輩《せんぱい》」

「……いや。えーと、組む相手がいないのは君の言う通りなんだけど」

「あ、そこは否定しないんですね」

「まぁ事実だからさ……それより君達多分、一年生だろ？　よかったら俺がアドバイスしてあげようか？　何だか手こずってるみたいだしさ」

平民である彼らがアドバイスくらいで魔法を使えるようになるなんて有り得ない。

だから俺の言葉はちょっとした気の迷い。アニメの人気サブキャラと喋《しゃべ》ってみたいという邪《よこしま》な気持ちから出たものだ。

「ええ！　本当ですか⁉　宜《よろ》しくお願いします、実は私たち途方《とほう》に暮れてましたので！」

「おいティナ！　ぶ、ぶた……あ、いえ、この方はあのデニング公爵家の方だぞ！　アドバイスなんてなんと恐れ多い……」


固まる一年生達とは対照的にティナだけはぺこりとお辞儀《じぎ》をする。

その際に見えた柔《やわ》らかな曲線を描《えが》く胸の谷間。

俺はびくんと固まってしまった。ぅぅ、恐るべしエロ本魔王。まさかこんな所でラッキーを体験出来るとか、ぅぅ、恐ろしい恐ろしいぶひよ！

だけどティナ以外の平民達は背筋をぴっと伸《の》ばし貴族生徒と平民生徒の間にある壁《かべ》を象徴《しょうちょう》するかのように畏《かしこ》まっている。それも当然か、デニング公爵家はダリスで一番の大貴族だからな。

それでもティナは彼らの間から一歩前に踏《ふ》み出して俺を見つめている。

「いいっていいって。確かに俺はデニングだけど真っ白になったんだからさ」

「？　真っ白って何ですか先輩？」

「ああ、ごめんこっちの話。それでアドバイスだけど、簡単だ。イメージ、これだけだよ。使いたい魔法のイメージが克明《こくめい》であればあるほど成功する確率が上がる」

「イメージですか？　でもそれってロコモコ先生が教えてくれたことと同じですよ？」

「全然違《ちが》う。火の熱さを、氷の冷たさを、風の優しさを、土の感触《かんしょく》を。見た感じではそこまではっきり想像出来ている人はこの中に一人もいないかな。さて、この中でアルル先生の魔法学を取っている人はいるかな？」

するとヽ全員が手を挙げた。

「初回の授業で学ぶよね、精霊《せいれい》は平民の血に興味を示さない。だから平民の君達が魔法を使えるようになるのは非常に難しいってことをさ」

魔法学の授業でアルル先生が言っているように精霊達は平民の血に興味を示さず、力を貸すことはごく稀《まれ》だ。

「……それ、ずるいですよね。貴族だから魔法が使えるとか、平民に生まれたから魔法が使えないとか。とってもずるいですよ。そんな中でも先輩みたいなデニング公爵家出身なんて最強にずるいですよ……」

ティナは俺の背中越《ご》しに演習場ではしゃいでいる貴族生徒達をにらみつける。

火の球を空に向けている者がいるかと思えば、指先に拳《こぶし》大の水を纏わせている者もいる。あちら側には魔法の使えない生徒なんて一人たりとも存在しない。

「それと貴族をチラチラ見ることはやめること。どうしても気になるっていうのなら、いっそのこと感情を剝《む》き出しにしたほうがいいかもしれない。心に秘《ひ》めるのではなく、自分のやり方で精霊に気持ちを伝えるんだ。そちらの方が余程《よほど》精霊に好かれるだろう。あと、デニング公爵家に関して言えば魔法を使うことにかけてはこれ以上の名門はないだろうと言っておくよ」

「名門。そうですね、デニング公爵家は大貴族……」

ティナは悔《くや》しそうに唸《うな》った。

デニング公爵家。この大国、ダリスで最も力のある貴族の名前だ。

平民の皆さんは俺が誰であったのかを思い出したのか、一歩と言わず何歩も後ずさる。

だけど、ティナだけはじっと俺を見つめていた。

さて、次は誰に声をかけようかなー。

俺が次なるターゲットを探そうときょろきょろしていると突然《とつぜん》背後で声が聞こえた。

誰かを罵倒《ばとう》する嫌《いや》な大声。貴族の間で何やら揉《も》め事が起こっているようだった。

けれど魔法演習の時間にはよくあること。

ダリス貴族において魔法は力。特にこんな年若き生徒が多い場では魔法技術に対するちょっとした優劣《ゆうれつ》の差がどうしようもない壁となって諍《いさか》いの原因となるものだ。

「毎日毎日お前よくあれだけ豚公爵に取り入る真似《まね》なんか出来るよな！　陰《かげ》で散々豚公爵ってバカにしてたくせによ！　おいビジョン！　何とか言ったらどうなんだ！」

衝撃《しょうげき》の事実に俺は固まる。

あ、あああ、あの野郎《やろう》！

毎朝一緒《いっしょ》にご飯を食べたり食堂で椅子《いす》をぶっ壊《こわ》した時にも何度も手を差し伸べてくれたのは、俺に取り入ろうとしていただけなのかよ！

俺は目を細めて、ビジョンの表情を読み取ろうと試みる。

何か言いたいことがあるなら聞いてやるぞ、おい！

するとあいつは真っ赤な顔をして頭を下げ、プルプルと震《ふる》えながら杖を握《にぎ》り締《し》めていた。

……いや、傷ついてるのは俺の方だから！　何日も掛けて俺を信用させやがって！　ただの陰口《かげぐち》よりもよっぽどダメージでかいっての！

「最近はかなり切り詰《つ》めて生活してたみたいだし、あのデニングに媚《こ》びて金貨でももらうってか。よく見りゃお前の杖って平民が使うような安物だしな！」

「馬鹿《ばか》にするな！　最近の杖は君たちが考えてるより質がいいんだ！　それにこの杖を使ってる僕よりも君たちの方がよっぽど魔法が下手じゃないか！」

「何だと！　やるのか貧乏《びんぼう》人！」

皆があいつらの言い合いをはらはらしながら見守っている。

「でもビジョン！　お前、媚びる相手を間違えたんじゃないのか!?　豚公爵の話題はデニング公爵家ではタブー扱《あつか》いされてて、家族からもとっくに見放されているってよく聞くぞ！　そんなあいつに媚びたって落ち目同士傷の舐《な》め合いしてるようにしか見えないぜ！」

あ、うん。その通りです。

家族だけじゃなく、幼い頃《ころ》から付き従っていた騎士《きし》二人も俺から離《はな》れたしな。領民でさえ、俺のことを話す際は一段声のトーンが落ちるらしい。

ビジョンは捨てられた子犬のような目で俺を見つめている。何だか見るに忍《しの》びないので俺は正直にビジョンに言うことにした。

「あいつらの言う通りだ。お前間違えてるぞ、媚びる相手」

「ははは！　デニングにも捨てられちまったなビジョン！」

「うるさい、君たちには関係ないことだ！　それに僕の杖が安物だと!?　なら市販《しはん》の杖でも、オーダーメイドの杖を使っている君たちよりずっと上手に魔法を扱えることを証明してやる！」

高らかにそう言って、ビジョンは大きく杖《つえ》を振《ふ》るう。

風の精霊がビジョンの気持ちに応《こた》えようと友達の精霊達を集め出した。今この場は演習場、様々な属性の精霊があいつのもとに寄って行く。

「風と炎《ほのお》の精霊よ！　僕の声に集え！」

俺はビジョンの様子を見て青ざめた。

あいつの必死さを面白《おもしろ》がって水や土の精霊、さらには闇《やみ》の精霊まで集まってくる。

あ、こら！　だから、お前ら今のビジョンに力を貸すなって。

今までビジョンをからかっていた男子生徒達もビジョンの危うさに気づいたのか距離《きより》を取り始める。

「おい暴走するなよビジョン！　冗談《じようだん》だって！」

「先生あそこ、あそこっ！　ビジョンがやばいです！」

遠くでロコモコ先生がビジョンに向かって杖を振るう姿が見える。土の魔法を得意とするロコモコ先生がビジョンの魔法を相殺しようと声を張り上げていた。

ダメだ、その距離では絶対に間に合わない。

「おい暴走するなよ貧乏貴族！」

「黙《だま》れ黙れ黙れ！　僕を貧乏貴族だとかふざけた名前で呼ぶな！　僕の家は歴史と名誉《めいよ》ある伯爵《はくしやく》家だぞ！　家柄《いえがら》の格というものを考えたまえ！」

ビジョンに群れる精霊達が一斉《いっせい》に力を解放せんと目を輝《かがや》かせている。

ああもう、精霊ってのは厄介《やっかい》だな！　数さえ集まればビジョンでも上級魔法《まほう》にも匹敵《ひってき》する魔力をぶっ放せるんだから！

でもよく見ろよ、今の興奮したあいつが魔法を制御《せいぎょ》出来る訳がないだろ！

「豊饒《ほうじょう》に愛されしグレイトロードの血が紡《つむ》ぐは天に叫《さけ》ぶ熱き風流ッ！　荒《あら》ぶる風よ、炎を纏《まと》いて巻き上がれ！　風炎の竜巻《ウィンドバニング》ッ！」

ビジョンの目が血走っている。周りの生徒の説得が届いている気配も無い。

ああもうまずい、まじで暴走する。くそ、ロコモコ先生の魔法も間に合いそうにないし
こうなったら仕方ないよな！

「――ッ」

「おーら精霊共ッ、きびきびと働けよーッ！　土砂よ壁になりてッ《ウォルダウン》！」

俺の行動より僅《わず》かに遅《おく》れて唱えられた先生の声に従い、地面がにょきにょきと盛り上がり土壁《つちかべ》となって目の前に出現する。暴走元であるビジョンから近いほど、土壁は大きく厚みを増していた。驚《おどろ》くべきことに演習場にいた全生徒の目の前に固《かた》い壁が生まれている。

「ああ何も起きてねえだと？　……不発か、おーいひよっこ共そんなびびらなくていいぞ、安心しろー」

ロコモコ先生の声が響《ひび》く。

風の魔法で自分の声を風に乗せて、拡声器のように響かせているようだ。

「授業は終わりにするぞー。ほーら、解散しろー解散解散ー。宿題も無しだー」

先生が再び杖を振るうと土壁はさらさらと風に流され地面に還《かえ》る。

ばたんと音がして、そちらに目をやるとビジョンがくずおれたところだった。

ビジョンに纏わりついていた有象無象の精霊達は既《すで》にちりぢりに逃《に》げ出し、結局、風と火の二重魔法、風炎の竜巻《ウインドバーニング》は発動しなかったようだ。けれど、あいつが精霊に与《あた》えた魔力は戻《もど》ってこない。魔力切れ、暫《しばら》くは最悪の気分だろう。

「そうだよな、幾《いく》らビジョンが魔法が上手《うま》いからって上級魔法なんて使えるわけないよな」

「おい、見ろよ。豚公爵《ぶたこうしゃく》がビジョンに近づいてるぞ。何する気だ？」

さっきまであいつをからかっていた奴《やつ》らは安心したのか、元気を取り戻して騒《さわ》いでいる。

うるせえ。それに何もしないって。俺はただあいつの体調が心配だから確認《かくにん》するだけだよ。ほんと、それだけだって。全然、まじで全然ショックなんて受けてないから。

「ぶほい」

足が滑《すべ》った。わざとじゃないぞ。ビジョンの身体《からだ》に俺はダイブする。秘技、のしかかり。

「……ぐほぉっ」

ビジョンがとんでもない声を出して、陸に揚げられたエビのように痙攣《けいれん》を繰《く》り返す。

「豚公爵がビジョンにトドメさしたぞ……」

「次はビジョンが苛《いじ》めのターゲットにされるんじゃないか？　前に授業中暴走して、豚公爵にネチネチ言われ続けた奴がいただろ。もうビジョンに関《かか》わるのは止《や》めた方が良さそうだな……俺たちまで豚公爵の目に入ったらたまらねえ」

畏怖《いふ》の視線が向けられ、俺はお昼の挨拶《あいさつ》とばかりに文句あるかと皆《みな》を威嚇《いかく》してやった。

だけどビジョン。覚えてろよ？　明日から、え？　デニング様？　どちらのデニング様ですか？　とか無関係装《よそお》ったら泣くからな。う－ん、脅《おど》しのためにもう一回のしかかっといた方がいいかな？

俺が秘技の準備をするためもう一度あいつに近づこうか迷っていたら、ロコモコ先生の声がまた聞こえる。

「いいかー？　今のは教訓にしとけよー。乱れた心で杖を振るうとろくな目に遭《あ》わないってことがよく分かったろー」

俺は騒動《そうどう》の関係者じゃないし、逃げるか。

……でもまぁよく分かったよ。

今更《いまさら》友達を作ろうと思っても、そう簡単にいくわけがないんだってことがさ。

「貴族の癖《くせ》に暴走してるんじゃないわよ！　お陰《かげ》で授業途中《とちゆう》で終わっちゃったじゃない！　やっぱりバカ！　私たち平民のこと何にも考えてない！　バカ貴族めぇ！　何で小さい頃から魔法使ってる癖に今更暴走しかけるのよ！」

生徒が滅多《めつた》に訪れない古びた研究棟《とう》の脇《わき》。

生《お》い茂《しげ》る雑草の陰が少女の秘密の練習場所だった。

「もう〜〜！　一体全体どうすればいいのよ！　ぜんっぜん上手くいかないじゃない！」

幼い頃から家の手伝いを精力的にこなし、貴族の学び舎《や》であるクルッシュ魔法学園の入学資金を貯《た》め続けた。忙しい宿屋の娘《むすめ》でありながら勉学に励《はげ》み、クルッシュ魔法学園に見事合格。

平民でありながらも貴族生徒を中心にした学園で努力を続ける理由はたった一つ。

「魔法よ起これ！　ほらっ早く！　魔法魔法魔法ッ！」

けれど入学した後に現実を知った。

平民の出自でクルッシュ魔法学園に入学した先輩《せんぱい》たちの大半が魔法の習得を諦《あきら》めている

現実を。そして第二学年に進級する頃には魔法関係の授業を殆《ほとん》ど取らなくなる姿をティナは目の当たりにしてしまった。

魔法は貴族のもので、精霊《せいれい》は平民に靡《なび》かない。

「うるさい！　そんなこと知ってるっての！　平民が無知だと思うなっての！」

心の隅《すみ》ではいつも貴族に対する嫉妬《しっと》が渦巻《うずま》いていた。

自分だけでなく、クルッシュ魔法学園に通う平民の誰《だれ》もが妬《ねた》んでいる。

けれど、正直になろう。

心の底で妬むぐらいなら曝《さら》け出せ。

そこが出発地点だとあの人は言っていた。

この国で一番の大貴族、デニング公爵家に連なる貴族の生徒。たとえ落ちこぼれの豚と言われていても、彼が魔法にかけては天才と評されている事実をティナは知っていた。

「こっちがどれだけ頑張《がんば》ってると思ってんのよ――――！　毎朝早起きして、何万回意味なく杖を振ってるって思ってるのよ――――‼」

ティナはてしっ、てしっと近くにあった草むらを蹴《け》り飛ばす。普段《ふだん》の真面目《まじめ》ぶった彼女であればありえない行動だけど、こんな朝っぱらじゃ誰も見ていない。

貴族や異性の生徒達には決して見せない裏の顔、猫《ねこ》をかぶるのは得意だった。

「ふざけんなふざけんな！　私がどんだけ努力してると思ってるの！　報われて、報われてよバカヤロー！　私の努力報われなさいよ！　何が玉の輿《こし》よ！　魔法が使いたいからクルッシュ魔法学園に頑張って入ったのよこっちは！　平民の女の子が皆《みな》玉の輿狙《ねら》ってるわけじゃないってのバカ貴族！」

スタイルのよい身体つき、豊かな胸が制服を押し上げ、両親からはその身体で貴族をゲットしてこいと言われたことを思い出す。

なにせ、彼女がいるこの学園はクルッシュ魔法学園だ。

騎士国家ダリスの国中から貴族の若者が集まる教育施設《しせつ》。稀《まれ》にだが、数少ない平民の生徒と恋《こい》に落ちる貴族だって存在する。

彼女は両親からそういった方面での活躍《かつやく》を期待されていた。

「魔法のために本も読んで一通りの知識も詰《つ》め込んだ。でも先輩達が魔法関係の授業を取らなくなった理由も分かるわ！　結局最後は血の尊さが魔法を呼ぶなんて詐欺《さぎ》みたいなもんじゃない！　それに貴族の人達を意識しすぎるのは悪影響《あくえいきょう》って……意識しないわけにはいかないじゃない！　だってあいつら！　皆、魔法使ってるんだもん‼」

魔法演習が終わった後、彼女の友達や先輩達は豚公爵の言葉なんて信じることはないと言っていた。あいつは落ちこぼれ、デニング公爵家の堕《お》ちた風だから、と。

でも彼女は受け止めた。

あの時、彼の言葉に嘘《うそ》があるとは思わなかったからだ。

「知ってるっての！　耳にタコが出来るくらい聞いてるっつの！　精霊が平民に力を貸してくれないことぐらいさ！　どんだけよ！　どんだけ精霊あれなのよ！　これってあれでしょ！　イケメンか貴族様以外は恋愛《れんあい》対象外っていう町娘と同じかよ！　精霊どんだけよ！　私達と何も変わらないじゃない！　俗《ぞく》に塗《まみ》れすぎでしょ！」

クルッシュ魔法学園に入学するような平民の子の多くは魔法が使えるようになることを夢見ている。

けれど、そんな奇跡《きせき》は滅多に起こらない。

魔法関係の授業に出席する平民の生徒は時間の経過と共に減っていく。

「そうよ、嫉妬しかないわよ！　何が貴族よ、ずるすぎじゃない！　精霊は洗練された血を好むって何それ！　私達平民の血を見下すなっての！」

クルッシュ魔法学園に入学して、貴族の生徒と言葉を交《か》わしたのはあれが初めて。

何かの縁《えん》かもしれない。だからあの自堕落《じだらく》な先輩の言葉であってもティナは愚直《ぐちょく》に信じることにした。

――心に秘《ひ》めるのではなく、自分のやり方で精霊に気持ちを伝えるんだ。

「認めるわ。私は嫉妬の塊《かたまり》で……でもこれが私なの。玉の輿を狙ってクルッシュ魔法学園に通うなんて馬鹿《ばか》のすることって思ってる。ねぇ、精霊さん。私ってこんな人間なの。ひどいでしょ？　でもね、これが私なのよ」

げしっ、げしっとぼうぼうの雑草に八つ当たりしながら杖《つえ》を振《ふ》るう。

イメージするのは地面から土が隆起《りゅうき》して、泥《どろ》の人形を作り出す光景だ。

「魔法よ起これー！　ふざけんなバカヤロー！　魔法！　魔法！　魔法が使えるようになりたいから私は頑張って入学したんだっつの！　バカ貴族に色目使うためじゃないっつの！」

まるで杖を遠投するかのような乱雑な振り方。頑張って貯めたお金でようやく購入《こうにゅう》出来た杖はもうボロボロ。けれど彼女はそんなことお構いなしに何度も何度も杖を振るった。

「ほら魔法！　さっさと魔法！　クリエイトゴーレム！　ゴーレムゴーレムゴーレム‼」

するとティナの目の前で奇跡は起きた。

地面から拳《こぶし》大の土塊《つちくれ》が浮《う》かび上がり、目の前でぽとりと落ちる。

たったそれだけ。

とてもじゃないがクリエイトゴーレムなんて呼べない、彼女が望むモノとは違《ちが》う不細工を通り越《こ》した先にあるものだ。

されど彼女にとっては神様から与えられた天上の霞《かすみ》のようなご褒美《ほうび》に違いなく。

「せ、成功、しちゃった……っやばい、成功しちゃった……」

土の精霊は知っていた。

彼女がどれだけ頑張り屋で熱心に杖を振っていたかを知っていた。平民達は確かに魔法《まほう》を目的にクルッシュ魔法学園に入学するが、彼女ほど強い意志を持っているものは稀だった。

ちょこっとムッツリ、いやとんでもないムッツリなのはご愛嬌《あいきょう》。たとえ裏表があっても、彼女がストイックなことに変わりはなく。

そんな彼女のことが土の精霊達は好きになりつつあるのだった。

「で、出来た……すごい……びっくり。ていうか……天才だ……私……大天才だ……」

ティナがぷるぷると震《ふる》えながら、ぺたんとその場に座り込んだのも無理はない。平民入学生が学園に入学して、これほどの短期間で魔法に目覚めるのは非常に珍《めずら》しいことだった。

だが、直後。

「…………ぶほっ」

「嘘、でしょ……」

誰かが噴《ふ》き出す声を聞いた。

ティナは座り込んだまま、恐《おそ》る恐る振り返る。

どうか聞き間違いでありますようにと、誰もいませんようにと、願いを込めて。

「あ、やば。気付かれちゃった……でも、俺あの。俺は何も見てないから……君が皆の前では猫《ねこ》かぶってるとか、実はメチャクチャ口が悪いとか。全然知らないから」

「……」

「じゃ、そういうことだから」

そう言ってぶひぶひと言いながら走る少年の後ろ姿をティナは見つめ続けた。少年の背中が次第《しだい》に小さくなり研究棟の角を曲がって見えなくなるまでティナは見つめ続けた。

騎士《きし》国家ダリスを守る大貴族、風のデニング公爵家三男。

豚公爵《ぶたこうしゃく》こと、スロウ・デニングが去っていく。

どことなく笑っていたように見えるのは自分の気のせいだろうか？

「気のせいなんかじゃないわよ！　全部見られてたの⁉　うそ！　うそよッ！　私の学園ライフがッこんなにも早く崩《くず》れ去っちゃうなんて！　しかもバカ貴族様に見られた！」

うららかな春の日ざしに照らされて、彼女の頰《ほお》が羞恥《しゅうち》に染まった。

●

翌朝。

俺がメイドにお願いして用意してもらったでっかい椅子《いす》に座って朝ご飯を掻《か》っ込《こ》んでいると、目の前の席に誰かが座った。

何だ何だ？　俺のぼっちライフに侵入《しんにゅう》しようとするなんて度胸あるやつがいるもんだな。

「おはようございます」

「ん？　……お前か」

視線を上げると見覚えがある奴《やつ》。インチキおべっか魔法暴走美少年がげっそりした顔で立っていた。金髪《きんぱつ》のツヤも無いし、貴公子然としたイケメンが台無しだ。

ビジョンは俺の目の前に座るとはあと息を吐《は》く。ふざけんな、ため息つきたいのは俺のほうだっての。

「……ひどい顔してるなビジョン。多分だけどお前、殆ど寝《ね》てないだろ」

「よく分かりましたね……実は寮《りょう》の一階に移るため、夜通し引越《ひっこ》しをしてたんですよ」

「一階？」

「寮の一階です。生活費が大分安くなると学園長に聞いて三階から移ったんですよ」

「……えっ？　まじで？」

「まじです。一階の平民部屋は噂《うわさ》通りのタコ部屋で本当に驚《おどろ》きましたよ。それにしても二段ベッドというものは画期的ですね。平民の知恵《ちえ》というやつですかあれが。おかげで寝不足だ、平民というものは実にいびきがうるさい……はぁ」

俺は顔を上げ、インチキおべっか美少年を見つめた。

貴族が男子寮一階の平民部屋に移るなんて聞いたことがないぞ。確かに生活費はぐっと抑《おさ》えられるけどプライドとかは大丈夫《だいじょうぶ》か？　お前特にプライド高そうじゃん。昨日家柄《いえがら》とか格とか言ってたし。

「あの後学園長からお説教を受けましたよ……最悪だ……。学園長の部屋に呼ばれるなんて名誉《めいよ》なことですから、本当はもっと別の用事で訪れたかったのに……。王室騎士《ロイヤルナイト》への推《すい》薦《せん》とか」

「お前が王室騎士《ロイヤルナイト》だって？　あれぐらいの魔法も制御《せいぎょ》出来ないようじゃ無理無理。王室の方々を守るどころか逆に怪我《けが》でもさせようもんなら大惨事《だいさんじ》だぞ」

「…………全くです。はぁ、これで暫《しばら》く僕は学園の笑いものでしょうね」

自嘲《じちょう》気味にビジョンは笑う。

まあ仕方ない。俺達は生徒とはいえそれぞれが家を背負っている貴族なのだ。新入生ならまだしも、第二学年の生徒が暴走するなんて滅多《めった》にないこと、これでグレイトロード伯爵《はくしやく》家の株も下がるだろう。

「あっ、そういえばお前俺を騙《だま》してたんだよな。なぁおい、貧乏《びんぼう》っちゃま。何が俺の努力に感銘《かんめい》を受けて朝食を献上《けんじょう》するだ、ただデニング公爵家の力に頼《たよ》りたかっただけじゃねえか。全く、お前は本当に意地汚《いじきたな》い貴族みたいな奴だな」

「……ちょっと待ってください、何ですかその、貧乏っちゃまってのは。限りなく僕の名誉が貶《おとし》められている気がするんですが」

「貧乏ですぐキレる。授業中に皆《みな》に迷惑《めいわく》をかけるお前にはピッタリの名前だ」

「まぁいいですよ、何だって好きなように呼んでください。それより朝食まだ食べてないんですか？　もしかして僕のことを待っててくれたとか」

「ふん。おい、食うぞ。気持ちが落ちてる時は食べるに限る。俺はそうやってこれまで生きてきたんだ。ほらっ、食え食え」

むしゃもぐ、がつがつ、ぱくむしゃがつ。

俺たちはお互《たが》い言葉を交わすことなく無言で朝食を食べ続ける。

大きな食堂に問題児が二人、辛辣《しんらつ》な視線が俺たちを包み込む。俺は慣れたもんだけど、こいつはそうもいかないだろう。

「……ここだけの話ですが、いいですか？」

「何だよ」

「僕が最近貴方《あなた》を持ち上げたのは本心ですよ、確かにちょっとした打算はありましたけれど、もっと身近で貴方の変化を確認《かくにん》したいと思ったから話しかけたんです」

「……今度は俺をおだてて朝食を奪《うば》おうって魂胆《こんたん》か？　その手には乗らないからな」

「何言ってるんですか。僕のご飯、結局一度も手を付けなかったじゃないですか」

「当たり前だろ、俺はダイエット中なんだよ」

「そうですね、ダイエットの大原則はまず食事制限から。……だからもうご飯の献上はやめます、ご馳走様《ちそうさま》でした」

「へぇ、俺よりも食べるペースが速いじゃんか、誇《ほこ》っていいぜ」

「貴族がそんな下らないことで誇るわけないじゃないですか」

「っち、つまらない奴だなぁ。あ、おいお前もう行くのか？　もう少しで食べ終わるからちょっと待ってくれよ」

「……やっぱり貴方は変わりました。朝のランニングも一人分の朝ご飯しか食べないこともそうです。それに何より――昨日、僕を助けてくれた風の魔法は昔と同じように優《やさ》しかった。これで貴方に助けられたのは二度目だ」

「はぁ？　………何の話だよ」

「しらばっくれても無駄《むだ》です。二度目というのは実は授業中と同じように昔、貴方に風の魔法で気絶させられたことがあるんですよ。きっと貴方は覚えていないでしょうが、構いません」

開けっぱなしの食堂の扉《とびら》から一陣《いちじん》の風が飛び込んでくる。

「このクルッシュ魔法学園に入学して、ようやく本当の貴方に出会えた気がします。けれど、残念ですね。あのスロウ・デニングが本気でダイエットに取り組んでいることに気づいたのは今のところ僕だけのようだ。だからこれは、僕だけの特権ということにしてください」

頭がクリアになり、視界もはっきりとした。

貧乏っちゃまは空になった食器が載《の》った銀のトレイを持っているけれど、王宮の舞踏《ぶとう》会でも主役を張れそうな晴れやかな笑みで俺を見つめていた。

「嘗《かつ》て、ダリス一の大貴族、風のデニング公爵家が世界に誇った風の神童」

そこには学園長に叱《しか》られたとしょげていた先程までの情けない姿はどこにもない。

「何やら本気で改心したらしいスロウ様の友達一号は、この僕ということで」

花咲《はなさ》くような笑顔《えがお》で、男子寮一階、平民部屋の貧乏貴族、アニメにも出てこなかったモブキャラは爽《さわ》やかに笑うのだった。

友達作り、それはダイエットと同じぐらい価値ある俺の目標だった。

なのにまさか、こんな早くに友達が出来るなんて自分でも信じられない。その事実を専属従者である彼女に伝えるため、午前の授業を終えた俺は校舎内をひた走る。

「ぶっひいいいいいいいいいいい」

「豚公爵がすごい勢いで下りてくるぞ！　みんな怪我をしたくないなら道を空けろ！」

従者としての仕事は主に二つに分けられる。

一つ目は学園で日常生活を行う高貴な貴族生徒のお世話だ。教科書を持ち運んだり暇潰《ひまつぶ》しの本を読んであげたり、学園正門から伸《の》びる街道の先、ヨーレムの町まで馬に乗って買い物をしてきたりと、簡単に言えばパシリだ。うん。

二つ目は家との連絡《れんらく》だ。

学び舎《や》で生活している生徒の様子を克明《こくめい》に手紙に記したり、家からの秘密の連絡を生徒に伝えたり、要は連絡係だ。うん。中には家に遊びまくってると知られたくない主《あるじ》の命令で仕方なく、真面目《まじめ》にやってます超《ちょう》真面目ですなんて誤魔化《ごまか》す従者もいるらしいが。

「ぶっひいいいいいいいいいいいいい」

「一年はとりあえず逃《に》げろ！　邪魔《じゃま》をしたらどんな嫌味《いやみ》を言われるか分からないぞ！」

ちなみに俺の従者であるシャーロットは割と自由だ。デニング公爵家のようなスパルタの家からようやく離《はな》れられたので、彼女には学園では伸び伸びと過ごしてほしいからだ。

シャーロットにお願いしているのは俺専用の特注の制服を用意することぐらいである。

あ、少し前までは朝食をわざわざ自室にまで持ってきてもらってたな。

「肩《かた》が豚公爵とぶつかったあああ、誰《だれ》か医者を呼んでくれ！　俺の肩がああぁぁぁ」

ちょっとぶつかったぐらいで大袈裟《おおげさ》すぎるだろ、もしかして俺から慰謝料《いしゃりょう》でもせしめようって魂胆か？　その手には乗らないぞ。俺には金が無いからな。学園の問題児だけじゃなく、デニング公爵家でもいない子扱《あつか》いされてる俺に毎月送られるお小遣《こづか》いはメチャクチャ少ないのだ。

ていうか身体《からだ》のキレがいい。

自分の思い通りに身体が動く感覚は本当に久しぶり。でも、きっとこれはダイエットの成果だけじゃなく初めて友達が出来た達成感も合わさっているんだろう。

今の俺ならあれ、いけるんじゃないか？　――秘技《ひぎ》、階段二段飛ばし。

「おい！　そこの一年生！　何ぼさっとしてるんだ！　豚公爵が下りてくる、いや落ちてくるぞ！　避《よ》けたまえ！」

あん？　あれは誰だ？　下の階へと続く踊《おど》り場で誰かが俺を見上げている。

「――先輩《せんぱい》！」

ティナだった。

『シューヤ・マリオネット』にて波乱を起こすムッツリエロ本大魔王《だいまおう》が教科書を大事そうに抱《かか》え、上から二段飛ばしで下りてくる、いや飛んでくる俺を見上げていた。

ちょっ――危ない、どいて。

けれど勢いに乗った俺の身体には急ブレーキなんて便利な機能は付いていない。

激突《げきとつ》だけは避けようと意識を極限まで集中させ、スローモーションになる世界で俺は確かに声を聞いたんだ。

「昨日のあれ全部見てたんですかッ！　先輩！　答えて下さい！」

背後に見える怒《いか》りのオーラ。

俺は彼女の豊かなそこに目線が釘付《くぎづ》けになりながらも何とか口を開いて声を出す。

「魔法にしては優雅《ゆうが》さには欠けたかも」

「やっぱり見てたんですね！　ああもう、私の優雅な学園生活が！　最悪！」

「ていうかティナ、素《す》が出てるッ」

「あッ——もう！」

身体を捻《ひね》りティナとの直撃《ちょくげき》を避けた俺は勢いそのままに半回転し、階下に向かって再びジャンプ。顔を赤くしている割にはそれほど嫌《いや》そうに見えなかったのは俺の気のせいじゃないだろう。

「皆の者聞いたか！　事案だ！　女の子が豚公爵《ぶたこうしゃく》に喋《しゃべ》りかけたぞ！　事案だあああ！」

うるせえ事案じゃねえよ。俺だってたまには女の子と喋るんだよ。

それよりも早くシャーロットを見つけなければ！　俺は大切な従者である彼女に伝えなければいけないことがあるんだ！

「シャーロットおおおッ」

従者の名前を叫《さけ》んでいる俺の様子はまた奇異《きい》なものとして学園中の皆の目に焼きつくことになるのだろう。

けれどそんなことどうだっていい！　俺の人生に新たな一ページが刻まれたのだから！

教育棟《とう》を抜《ぬ》け出し、学園中を走り回ってようやく見つけた。

学園で唯一《ゆいいつ》の仕立て屋さんの店先に彼女はいた。恐《おそ》らく来るべき俺のダイエット成功日に備えて制服を新調しに来たのだろう。

「ななな、なんですか、スロウ様！　大声出して！　恥《は》ずかしいから止《や》めて下さい！」

「とーもーだーちーが出来たんだって！！！！」

「……？」

シャーロットはきょとんとして、頭の上にクエスチョンマークを浮《う》かべている。

「ともだち！　友達が出来たんだって！　しかもさっきは女の子から話しかけられた！」

それはもう早口で友達が出来た旨《むね》を伝えると、俺の可憐《かれん》な従者である大国のお姫様《ひめさま》は世界の終わりのように驚《おどろ》き、何かに納得《なっとく》したようにポンと手を打ったのである。

「と、友達⁉　……スロウ様。熱があるんですね⁉　ほら医務室に行きましょう！」

「え、別に熱なんてないよ！」

「それにスロウ様が女の子から話しかけられるなんて信じられません！　でも、もし！　も〜し本当なら絶対デニング公爵家のお金目当てです！」

「ちょ、そこまで言うのは酷《ひど》過ぎでしょ！」

「いいえ、お金目当てです！　私はスロウ様の従者ですから分かるんです！　一番の理解者ですから！　ほら行きましょう、医務室にっ！」

「ぶ、ぶひぃぃぃぃぃぃぃぃぃ。放してよシャーロットッ！」

その後、暫《しばら》く。俺はシャーロットと学園内で出会う度におでこに手を当てられ、熱がないか確認されたのだった。

二章　アニメ版主人公とメインヒロイン

クルッシュ魔法学園男子寮《りょう》の最上階から一つ下。

学園の佇《たたず》まいを一望出来る男子寮四階に入居出来る生徒は、貴族で溢《あふ》れるクルッシュ魔法学園においてもごく少数に限られている。

貴族の中でも最上位。

公爵家や侯爵家といったいわゆる大貴族に連なる生徒のみが住まうことを許されているのだ。部屋の広さも中堅《ちゆうけん》貴族の三階や下位貴族の二階とは一線を画し、ましてや一階の平民のタコ部屋とは比べものにならない。

そんな選ばれた者の住居で俺たちはリビングの机越《ご》しに顔を寄せ合っているのだった。

「だからシャーロットは座ってるだけでいいんだって！」

「……でもスロウ様。この大食い魔法大会は、参加資格にクルッシュ魔法学園の生徒かつ魔法使い限定って書いてあるじゃないですか。私、生徒じゃないですよ。クルッシュ魔法学園の生徒はスロウ様だけで私は従者です。だから私にこの大食い魔法大会への参加資格はありません」

話し合っている内容は、明日開かれる大食い魔法大会についてだ。

シャーロットは机の上に置かれた一枚の羊皮紙、明日行われる大食い魔法大会への参加申込書を覗《のぞ》き込み、俺の意見は間違《まちが》っていると強硬《きょうこう》に主張していた。

「シャーロット！　俺だって頑張《がんば》ったんだ！」

俺が交渉《こうしょう》は決裂《けつれつ》したとばかりに机を叩《たた》くと、シャーロットはビクンと身体を硬直《こうちょく》させた。

小動物のように身体を縮こまらせ、上目遣《うわめづか》いで俺を見つめる。

「でも無理だったんだ！　この俺に誘《さそ》える女の子とかいるわけないじゃん！　シャーロットも知ってるでしょ、俺がこのクルッシュ魔法学園でどんな目で見られてるか！　豚だよ！　俺はまだ真っ黒豚公爵のままなんだ！　やっぱりこの外見が悪いんだよ、外見が！」

目標の友達作りは成功し、ダイエットのお陰《かげ》で多少の減量に成功した。

でも、今のままのペースで痩《や》せていくならどれだけの時間が掛《か》かるか分からない。ああ、そうだよ、俺はもっとおもいっきり痩せたいのだ！

脳裏《のうり》に浮かぶのはここ数日の記憶《きおく》。

あー、大食い魔法大会に参加したいなー。でも男女のペアだからなー。困ったなー、誰か俺と参加してくれないかなー。と呟《つぶや》きながら女の子達の方をチラチラ見ていたら、ひゃあーと叫び声を上げられて次々と逃げられる。

やっぱりこの太り過ぎた外見が人に避けられる一番の原因だと俺は考えたのだ。

「まあ……そうですよね……スロウ様には今までの悪行がありますから……。スロウ様と一緒《いっしょ》に参加してあげるって女の子が現れたら私びっくりしちゃいます」

「……」

言葉を返せない。

事実だからだ。ぐうの音も出ない真実だからだ。

「スロウ様はイメージを良くすることが必要だと思います。学園ではとっても怖《こわ》がられてますけど実は良い人だったみたいな」

「むぅ……でもどうやってイメージアップを目指すのさ」

「そうですねぇ、スロウ様は魔法が得意ですから魔法で人助けをするとか。……あ。だったら平民の女の子、特にメイドの子なんていいと思います。メイドの子たちは噂話《うわさばなし》が大好きで、噂《うわさ》が広まるのもあっという間ですからね」

「なるほど、メイドか……」

シャーロットの言うことには一理ある。

真っ黒豚公爵として暴れまわった日々。俺に染《し》み付いた悪いイメージというものはどうやら簡単には消えないらしい。はぁ……でも当然だろう。俺の悪評はこの学園だけでなく国中に、さらに国境を飛び越《こ》えて他国にまで広がっているぐらいなんだから。

「でもシャーロット！　だからだよ！」

「わわ、な、何ですか急に」

「俺と一緒に大食い魔法大会に参加してよ！　シャーロットが生徒じゃないからって心配するのも分かるけど、それについては大丈夫《だいじょうぶ》！　この学園にデニング公爵家である俺に文句言える人はいないから！」

「スロウ様……それじゃあ前と同じです」

「うっ」

「そんなことじゃスロウ様が目指している真っ白な豚公爵にはなれませんよ、何ていうか真っ黒豚公爵のままです！　それにまた規則を破って悪さをしたことが公爵家に知られたら大変なことになっちゃいます！　しかも私が関《かか》わってるって思われたらお給料を減らされるかもしれません！　これ以上減らされたら何にも買えなくなっちゃいますし、それだけは嫌です。私はスロウ様みたいにカツアゲなんかも出来ませんし、デニング公爵家から頂けるお給料が無くなったら飢《う》え死にしちゃいます！」

「か、カツアゲ⁉　シャーロット何を言ってるの！　俺はそんなことしてないって！」

「でも聞いたことがあります。学園の生徒の方がスロウ様にお金を持ってくところを見たことあるってお手伝い先のメイドさん達が言ってました」

「あれは勝手にお納め下さいって持って来るんだよ！」

前におべっか使って俺の気持ちを弄《もてあそ》んだビジョンみたいな奴《やつ》らがこの学園にはわらわらいるんだ。デニング公爵家の直系である俺に恩を売ろうって魂胆《こんたん》が丸見えだけど……一応は有り難《がた》く受け取ることにしているぞ。ほら……折角の気持ちだからね……。

俺のお小遣《こづか》いも学園での暴れっぷりが実家のデニング公爵家に届くたびに減らされ、既《すで》に雀《すずめ》の涙《なみだ》の域。切羽《せっぱ》詰《つま》っているのはシャーロットだけじゃないのだ。

「スロウ様がいい子になろうとしてるのに私が邪魔《じゃま》なんて出来ません。それにスロウ様がいい子になったら私の従者としての評価も上がるかもしれませんし、そしたらお給料もアップするかもしれません。だから大食い魔法大会でも規則を守るべきですよ、スロウ様」

「ぐぬぬぬぬ。言うようになったねシャーロット」

「応援《おうえん》団ですもん私。スロウ様が変わるのを断固応援する次第《しだい》です。もう諦《あきら》めてましたけど、スロウ様がいい子になるんだって決めたのなら応援します！　私の給料のためにも！

もう皿洗いのお手伝いは飽《あ》きました！　このままだと私の手がカピカピになっちゃいます」

「……だったらシャーロット、協力してよ！　シャーロットのお小遣いのためにも！」

「お小遣いじゃないです！　お給料です！」

「どっちでもいいじゃん！」

「どっちでもよくありません！　全然違《ちが》います！」

　議論が白熱する。

　ここが入居者の少ない四階で良かった。これが男子寮の三階か二階だったらうるせえ！って壁《かべ》ドンされていただろう。

「シャーロット！　よく聞いてくれ！」

「……な、何ですかスロウ様、急に真面目《まじめ》な顔して……」

「俺は、俺はッ……痩せたいんだよ！！　大食い魔法大会の賞品に痩せ薬があるんだ！　今の俺なら絶対に必要なアイテムなんだ！　まずは見た目から変わりたいんだ！」

「でもスロウ様、ほんのちょっぴり痩せましたよ。ほんのちょっぴりですけど」

「ちょっぴりじゃダメなんだ！　劇的に痩せたいんだよ！　だって幾《いく》ら何でもデブすぎる！　見てくれシャーロット！　こんなの豚じゃんか！」

俺は椅子《いす》から立ち上がり、寝室《しんしつ》から移動させた姿見の前に立ってみせる。

「朝のランニングで何回こけてると思ってるんだ！　折角あの貧乏《びんぼう》っちゃまが痩せ薬が大会の賞品にあるって教えてくれたんだ！　シャーロット！　俺は大食い魔法大会で痩せ薬をゲットしたいんだよ！」

「……でもスロウ様。そんな都合の良い薬、どんな危険な成分が入ってるか分かったものじゃありませんよ！」

事の発端《ほったん》は、先日友達になったビジョンの提案に遡《さかのぼ》る。

伯爵《はくしやく》家の家柄《いえがら》でありながら、アルバイトに精を出している男子寮一階の可笑《おか》しな奴。

そんな貧乏っちゃまであるあいつは、俺が痩せたいと願っていることを知ると、週末にこの学園で行われるイベントについて詳《くわ》しく教えてくれたのだ。

ここでは週末になると多くの商人が森の外からやってきて、お店を開いたり娯楽《ごらく》のために様々な催《もよお》しを企画《きかく》してくれるのだ。

そして今週末に行われる催しは大食い魔法大会。何でもあいつはそのイベントの司会進行のバイトをするらしい。貴族なのに一体、どこからそんなバイトにありついたんだよと言わずにはいられないな。

「もう……変わったと思ったら強引《ごういん》で……」

「ありがとうシャーロット！　ただ座ってるだけでいいから！　ほんとに！　全部俺が食べるからさ！」

シャーロットははあ〜っと溜息《ためいき》を吐《は》き出し、ピンと右手の人差し指を俺に突《つ》きつけた。

「じゃあスロウ様。一つ条件があります」

「え？　条件？」

シャーロットはこほんと咳払《せきばら》いして俺を見る。シャーロットの瞳《ひとみ》がきらきらと輝《かがや》いて見えるのは目の錯覚《さっかく》というやつだろうか？

「はい、条件です。大食い魔法大会の規則を破るんですから、もしかすると私にも罰《ばつ》があるかもしれません」

「罰？　うーん、ないと思うけどなあ……だってただの余興だよ。楽しければ何でもオッケーってタイプの」

「あるかもしれません」

「そうかなあ……」

「スロウ様！　あるかもしれませんしそしたら私のお給料が減らされるかもしれません！」

「分かった分かった。あるかもしれない。うん、あるかもしれないね。シャーロットのお給料が減らされるかもしれない」

「そうです！　だからですね。私からもスロウ様に一つ、お願いがあるんです」

うっ、何か嫌《いや》な予感がするぞ……。

シャーロットは大変優秀《ゆうしゅう》な従者であるが、俺のようにデニング公爵家から失格の烙印《らくいん》を押された豚の従者をやっているのには理由がある。

「条件はですね。大食い魔法《まほう》大会で私が――」

「――ッ！」

シャーロットが言い出した内容を聞いて俺は固まった。

「……え。それは……どうだろう……何ていうか危険じゃないかな……」

艶《つや》めいた綺麗《きれい》なシルバーヘアー、貴族やお金持ちの平民達が通うクルッシュ魔法学園でもその可憐《かれん》さは噂に上るほど。学園が誇《ほこ》る問題児、この俺の従者じゃなければ今頃《いまごろ》シャーロットは貴族からのデートの誘いでてんてこ舞《ま》いになっていたに違いない。

そして、俺はそんな可愛《かわい》らしい俺の従者の性格を誰《だれ》よりも知っている。何せ俺達の付き合いはもう十年近くに及《およ》ぶのだから。

「スロウ様？」

俺の従者であり、本当は大国のお姫様《ひめさま》としての過去を持つシャーロット・リリィ・ヒュージャックという女の子は可愛らしい外見からは想像も出来ないほどの。

「わかったよ、シャーロットにも罰があるかもしれないもんね……」

「そうです！」

どじっ子なのだ。


「わぁ、すごい人ですねスロウ様！　出店があっちにもこっちにも沢山《たくさん》ありますよ！」

森の中に建造され、堅牢《けんろう》な壁によって四方を囲まれたクルッシュ魔法学園。

「可愛いアクセサリーも沢山売ってるみたいです！　うぅでももう今月のお給料使っちゃったしなあ……もっとお給料があったら買えるのになあ……じろり」

組み立てられたテントの下には湯気を立てる料理の数々や怪《あや》しげな道具が値札と共に所《ところ》狭《せま》しと並んでいる。商品に見入ってじーっと財布と睨《にら》めっこをしている生徒達や今日は仕事が少ないからとはしゃいでいるメイド達。

雲一つ無い青い原色の空を見ながら、俺はきょろきょろと辺りを見回していたシャーロットに声を掛《か》けた。

「シャーロット、こっちこっち。大食い魔法大会の会場は大聖堂の裏手だよ」

「あ。スロウ様、待って下さい」

「ぶひぃ」

俺の声だ。

「スロウ様……その癖《くせ》、直さないとダメです。スロウ様はデニング公爵家の直系なんですから、ちゃんとした場で子豚《こぶた》ちゃんみたいにぶひぶひ言ってたら示しがつきませんよ」

「はい……」

気を抜《ぬ》くと俺の口からは時折、本物の豚みたいな声が出てしまうのだ。いつか大事な場面でこの癖が出ないように祈《いの》るばかりである。

「相変わらずすごい人ですねえ、何だか普段《ふだん》の学園と全然違います」

伸《の》びやかな肢体《したい》を包み込む、シャーロットにしては身軽なシャツとスカート。いつもの地味な従者服とは違うその姿はちょっとだけ眩《まぶ》しい。

「そう?」

シャーロットにとってはとんでもない人混《ひとご》みでも、豚公爵《こうしゃく》である俺にとっては何てことはない。だって人垣《ひとがき》が俺の進む先を示すように勝手に割れていくのだから。

「あっ、豚公爵だ……」

「道を空けろ道を空けろ……またどんな難癖《なんくせ》を付けてくるか分かったもんじゃないぞ

……」

難癖とか付けないから。本当に失礼な奴らである。

「今度は一体何をやらかそうっていうんだ？　はっ、まさかこれから行われる大食い大会に参加する気じゃ……」

「安心しろ。この大食い大会の参加者にはデニング公爵家よりも尊いサーキスタのプリンセスがいるんだ。さすがの豚公爵も大暴れ出来ないだろう」

「お前は馬鹿《ばか》か……あの豚公爵だぞ！　きっとまた何かやらかすつもりだ……」

うーむ。相変わらず俺が怖《おそ》れられているのに変わりはないようだ。視線だけじゃなく、ひそひそ声もすごい。

おい、全部聞こえてるんだぞ。

鬼《おに》メンタルの俺だからいいけど、俺以外だったら病んでるからな？　ぎろりと俺が睨むと蜘蛛《くも》の子を散らすように逃《に》げていく。

「ひっ、おいこっち見てるぞ」

「逃げろ逃げろ！　またお小遣いをカツアゲされたらたまったもんじゃないぞ！」

だからしないって。俺は真っ白ホワイトニングぶっひーになったんだよ。

それにカツアゲとかいうなよ！　シャーロットが勘違《かんちが》いしちゃうだろ！

「あっちだぜ。大食い魔法大会は」

「俺、抽選《ちゆうせん》外れたからなあ。欲しかったなあ美容薬。手に入れたらアリシア様にプレゼントして告白しようって思ってたんだ」

「無理だよ無理。美容薬が百個あってもお前には無理。だってサーキスタのプリンセスだぜ、相手は。かたやお前は下級貴族、相手にしてもらえるのは伯爵家ぐらいからだろ」

「うるせーよ。少しくらい夢見たっていいだろ」

ランジェロンの広場を見下ろすように建てられた大聖堂の裏手には大食い魔法大会を一目見ようと続々と人が集まっているようだった。

どこかの気前がいい商会がスポンサーになっているらしく、賞品も豪華《ごうか》だ。

特に一位の美容薬なんて女子生徒にとっては喉《のど》から手が出るほど欲しいものだろう。肌《はだ》をすべすべにする薬なのだそうだが、各国で大流行し店に並べば即《そく》売り切れ。町娘《まちむすめ》から貴族までもが求める夢のアイテム。今では目玉が飛び出るぐらいのとんでもない値段になっているらしい。

「何だかチラチラ見られてる気がします……ねぇ、スロウ様。ねぇってば……。あ、私の声届いてませんね……あの大きなテーブルの上で山盛りになってる料理が気になってるんですね。目がまん丸になってます」

何列にも重なり合った見物客を押しのけると、ようやく会場が見えてくる。

長いロープによって円状に仕切られた空間に幾つものテーブルがこれまた円周に沿うように配置されていた。

ええと、確か参加チームは全部で十二だったよな。

うん、テーブルも十二個あった。

そして参加者が座るであろうテーブルの奥、人為《じんい》的に作られた空間の真ん中には一際《ひときわ》巨大《きょだい》なテーブルが置かれている。その上には大食い魔法大会に出されるであろうまあ沢山の料理が山盛りに並べられていたのだった。

目の当たりにした瞬間《しゅんかん》、俺の腹がとんでもない音を立てた。

「なんだなんだ今の音は！」

「……ッ！　豚公爵だ！　おおい、皆《みな》！　道を空けろ！」

「スロウ様、スロウ様。ほら杖《つえ》を貸してください。約束を覚えてますか？　あ……まだ料理に釘付《くぎづ》けですね。でも仕方ないですね、このために今日朝食食べてないんですもんね」

腹が鳴るぜ。この瞬間のために朝食を抜いてきたんだ。

俺は右拳《こぶし》を高々と天に突き出した。

「……スロウ様。気付いてないと思いますけど、鼻息荒《あら》くて本物のオークみたいに見えますよ？」

「エントリーナンバー10。チーム名、『カリーナ姫出てきて！』。滅多《めった》に王宮から表に出てこないダリス王女の名前をチーム名にするなんて大胆《だいたん》ですねー。そしてそんな彼らの目標はやはり美容薬！　優勝したらカリーナ姫にプレゼントするために王宮に出向き、謁見《えっけん》を要請《ようせい》するらしいです。マルディーニ枢機卿《すうききょう》にはねつけられると思いますが、夢があっていいですね。さあそんな第一学年のペア。特に新入生でありながらレディス・ハルケンは優《すぐ》れた火の魔法の使い手です。魔法の方にも大注目でしょう」

司会のビジョンがそつなくエントリーしたチームの紹介《しょうかい》を見物している観衆にしている。

その様子を俺は椅子《いす》に座りながら見ていた。

まだテーブルの上には料理がない。チーム紹介が全《すべ》て終わってから最初の一皿が配られるらしいのだ。俺の隣《となり》ではシャーロットがこれまたワクワクした顔で杖を持ち、ぶつぶつと何かを呟《つぶや》いていた。その様子はちょっとだけ怖《こわ》いものがある。

ていうか、あれだな。

ビジョンが司会をやってる理由は風の魔法で声を拡大させるのが上手《うま》いからだ。あいつは結構魔法の才能があるのだ。

「エントリーナンバー11！　チーム名……『プリンセスと水晶《すいしょう》オタク！』。えー、長いのでチームプリンセスと致《いた》しましょう、今大会における意気込みは優勝賞品の美容薬はプリンセスである私のもの！　さすがサーキスタのプリンセス！　芸術を愛する水の都からやってきただけのことはあります！　巷でも話題の美容薬はミス・サーキスタの美をさらに引き立て、クルッシュ魔法学園をさらに華《はな》やかに盛り上げてくれることでしょう」

相変わらずおべっかが上手いな、貧乏《びんぼう》っちゃま。

だがビジョンの言葉とともに、紹介を受けたテーブルに着席している二人、いや女の子に向けて割れんばかりの拍手《はくしゅ》が送られている。

「……遂《つい》にお前らの登場かよ」

俺は隣のテーブルに向かって嫌々《いやいや》ながら顔を向けた。いや、向けざるを得なかった。何しろ隣のテーブルに着いた二人との間に俺は大きな因縁《いんねん》があるからだ。

それに、チーム名プリンセスとかいう自意識過剰《かじょう》なネーミングセンスの持ち主が座っている隣から、激しい視線を感じるのだ。特に俺に向かって純度百パーセントの敵意しか込められていない視線がびゅんびゅんと飛んできている。痛いって。

「アリシア・ブラ・ディア・サーキスタ様！　同盟国サーキスタからの留学生！　クルッ

シュ魔法《まほう》学園でもカルト的な人気があり、秘密裏《ひみつり》に開催《かいさい》された『妹になってよ！　ねえお願いだから俺の妹になってよおおおぉおぉおぉおおぉおぉぉ‼』選手権では何と何と！」

亜麻色《あまいろ》の髪《かみ》をツインテールに結び、華奢《きやしゃ》な身体《からだ》を制服が覆《おお》っている。

思わず微笑《ほほえ》んでしまうような、子供らしい健康的な色気を放っている女の子。だが今は口を真一文字《まいちもんじ》に結んで、大きくて猫《ねこ》みたいなつり目が真っすぐに俺を睨んでいる。

あいつの名前はアリシア・ブラ・ディア・サーキスタ。

アニメ『シューヤ・マリオネット』のメインヒロインにして、俺の嘗《かつ》ての婚約者《フィアンセ》。

「堂々の一位を獲得しております！　そんな彼女に優勝して美容薬を手にしてほしいと思っている諸兄も多いでしょう」

ビジョンの説明通り、未だ俺を睨み続けているアリシアはこのクルッシュ魔法学園でもかなりの有名人で人気者だ。

まず見た目が単純に可愛《かわい》いというのが一番の大きな理由だろう。

男の子は可愛い女の子が好きなのだ。常識だね。俺みたいな人外の子豚ちゃんでも可愛い子にはついつい目を奪《うば》われてしまうんだからな。

あいつは華奢で生意気だが元気一杯《いっぱい》で、それでいて王族らしく所作の一つ一つが洗練されていてお嬢様《じょうさま》然としたところもある。シャーロットが雪山に咲《さ》く一輪の可憐《かれん》な花なら、アリシアは真夏でも元気を失わない向日葵《ひまわり》だ。高貴だけど親しみやすさもある。

それに何ていうかダリス貴族の女子生徒と比べれば洒落《しゃれ》ていて華やかだ。

「おおっと今入ってきた情報によりますと今大会参加チームの過半数が優勝賞品である美容薬をアリシア様に捧《ささ》げると表明しています！　ペアになってる女の子達は複雑な心境でしょうねえ！　しかしさすが水都のプリンセス！　人気は抜群《ばつぐん》です！」

アリシアがやってきた隣国《りんごく》サーキスタは南方の流行の発信地と言われている。そのためかアリシアはどんな時でもお化粧《けしよう》をばっちりと決め、ついつい視線を奪われてしまうような華やかさがあるのだ。

対してダリスは騎士《きし》国家と呼ばれているぐらい伝統を大切にする古風な国だ。

ダリス貴族の女の子達はお化粧はするけど必要最低限で、異性との交友もおおっぴらにしない者が大半だ。だからか、大勢の若者が共同生活をするクルッシュ魔法学園においても、異性と一緒《いつしよ》にいるところを見られるのを恥《は》ずかしがったりする子が多いのだ。

けれど、アリシア。あいつにはそういう奥ゆかしさは一切《いつさい》ない。

そういった物珍《ものめずら》しさもあるのだろうか、アリシアは結構な頻度《ひんど》でダリス貴族の男の子から告白されているらしいとビジョンから聞いたことがあった。

「そしてエントリーナンバー12！　チーム、真っ白豚公爵《こうしやく》！　あのスロウ・デニングです！　チーム名である真っ白の意味を直接聞いてみたところ、俺は変わったとの意味らしいです！　素晴《すば》らしいですね！　さすがダリス一の大貴族、デニング公爵家！　さあ皆さん拍手をしてあげましょう！　スロウ様に割れんばかりの拍手をお願いします！」

激しいブーイングが巻き起こる。

他のチームが紹介されていた時に巻き起こっていた拍手は一切無い。

おいおい誰《だれ》だブーイングしてんのは。ていうか煽《あお》るんじゃねえ貧乏っちゃま。

「シューヤ！　優勝以外にありえませんわよ！　特に豚《ぶた》のスロウには大差をつけて勝つこと！　至上命令ですわ！」

「分かった！　分かったから叩《たた》くなって‼　ってちょっと待てよ！　豚公爵が参加してるのかよ！　無理だろ！　あいつに大食いで勝つとか絶対に無理だろ！！」

「シューヤ！　未来を占《うらな》ってみなさい！　貴方《あなた》お得意の水晶で！　そしたら私が見えてるものと同じ光景が見える筈《はず》ですわ！」

そして今も俺を睨《にら》み続けているアリシアの横に座っている赤毛短髪《たんぱつ》が問題だ。

目を離《はな》せない圧倒《あっとう》的な存在感、人を引き付ける不思議なカリスマ、男子寮《りょう》二階に住むニュケルン男爵の秘蔵《ひぞう》っ子《こ》はどこまでも熱く、燃え盛《さか》る炎のような赤い髪が何よりのトレードマーク。

誰が言い出したか百発百中の熱血占い師《うらなし》、主人公止めて占い師になれ、と言われたオマエこそ。

「視《わか》る、視る、俺達が美容薬を手に入れている未来が視ったあああああああああああああああああああああああああああ！！！！」

「ほら私の言ったとおりでしょうシューヤ！　勝利よ勝利！　勝利以外はあり得ないの！」

大人気アニメ『シューヤ・マリオネット』の熱血占い主人公！

「ああ、美容薬を手にするのは俺達だあぁぁぁ‼　でも豚公爵に大食いで勝つ未来は見えない！　あいつ、自分の身体よりも沢山《たくさん》食べるって噂《うわさ》あるだろ！　無理だろ！」

「こらシューヤ、何てことを言うの！　勝つの！　豚のスロウに勝つの！」

今も愉《ゆ》快《かい》な掛《か》け合いを続ける二人組こそがアニメ版メインヒロインとアニメ版主人公で、そんな彼らを見ていると身体の底からメラメラと燃え上がる熱を感じてしまう。

「アリシア様のペアはあのシューヤ・ニュケルン！　相変わらず水晶を離さないキテレツぶりを発揮しています！　シューヤ・ニュケルンの本体はあの水晶なんて噂も流れるほどの水晶オタクです！」

もう一つのトレードマークである透明《とうめい》な水晶をテーブルの上に置いて、そんなアニメ版主人公様はいつの間にかアリシアに首を絞《し》められていた。

シューヤはアリシアに莫大《ばくだい》な借金がある。だからちょっとでもアリシアに反抗《はんこう》すると、奴隷《どれい》のような扱《あつか》いを受けてしまうのだ。

「分かった分かったアリシア！　食べるから！　滅茶苦茶《めちゃくちゃ》食べるから！　だからアリシア！　首を絞めるなって！　どんだけ暴力的なんだよ俺はお前の従者じゃないっての！　ほんとにやめろ！　これ以上絞めたらダリスとサーキスタの間の国際問題になるぞ！　ほら皆が見てる、皆に変な奴《やつ》だって思われちゃうから！」

「シューヤ、こらシューヤ！　貴方はいっつも水晶を持ち歩いてる変人！　今更《いまさら》どう思われたって関係ないですわ！」

ワハハとテーブルの周りに集まっている観衆から笑い声が飛んだ。

「さて！　これで全チームの紹介が終わりました！　それでは、今回使用されるメイン食材の紹介に移りましょう！」

「……スロウ様。相変わらずアリシア様に嫌《きら》われてますね……、でもスロウ様のせいなんですよ？　スロウ様が自堕落《じだらく》なオークって噂がサーキスタにまで広まって、アリシア様は大変な目に遭《あ》ったらしいですから……はふぅ、それはそうと……楽しみですね……」

俺の隣にはデニングの家紋《かもん》が入った杖《つえ》を持って楽しげなシャーロット。

はぅ～と口をすぼめてうっとりしてるシャーロットの姿を見て、俺はいいような無い不安に包まれるのだった。

「白旗ですッ！　エントリーナンバー5が脱落《だつらく》を示す白旗を掲げました」

大食い魔法大会のルールは簡単だ。

料理の載《の》った巨大《きょだい》なテーブルを中心として、俺たち参加者が座る十二個のテーブルが円周上に等間隔《とうかんかく》で配置されている。それぞれの机から食材が載った巨大な机までの距離《きょり》は十メートルあるかないかといったところだろう。

自分のテーブルにある料理を平らげたチームはお代わりと大声で叫《さけ》び、中央のテーブルに待機している主催者《しゅさい》がお代わりと叫んだチームに向かって赤いボールを投げつける。それをテーブルに着いたペアのどちらかがキャッチしたらお代わり成功である。

だが空中に投げられたボールは他チームからの魔法の妨害《ぼうがい》によってテーブルまで届かないことが殆《ほと》んどで、滅多《めった》にお代わりは成功しなかったりする。

「激戦！　激戦です！　魔法の余波は観客席にまで及《およ》んでいます！　えー、見物してる貴族の生徒さん達は自分の身は自分で守ってくださいね。僕みたいに」

大食い魔法大会がスタートしてから暫《しばら》くは俺のチームを除いた十一のチームで争ってい

た。

そりゃそうだ。デニング公爵家の人間である俺のお代わりを邪魔《じゃま》をするチームなんて滅多にいない。真っ黒豚公爵であった俺の悪名は相当だし、邪魔をすれば後で復讐《ふくしゅう》されると思っても可笑《おか》しくない。さらに俺の家名であるデニング公爵家の名前にびびってる貴族生徒も大勢いる。そんじょそこらの貴族がデニングの人間に手を出せるわけがないのだ。

俺はむしゃむしゃぱくぱくと運ばれてくる料理を平らげていく。

目の前で彩り豊かな魔法が打ち出され、俺は魔法を見学出来る特等席に座っていると言ってもいい。

中央の机から投げられるボールを水の魔法で打ち落としたり、風の魔法で軌道《きどう》を逸《そ》らしたり、光の魔法でキャッチする瞬間《しゅんかん》に眩《まぶ》しくさせたり、それぞれのチームの生徒が工夫を凝《こ》らした魔法で戦っていた。

だが、均衡《きんこう》は突然《とつぜん》に破られる。

「もう！　どうしてどのチームも豚のスロウを狙《ねら》わないんですの！　ダリスの貴族は本当に根性無《こんじょうな》しばっかり！　シューヤ！　私が豚のスロウのお代わりを邪魔するから早く食べ

て！　お代わり！　お代わりですわ、ほら！　早く！」

「おいアリシアふざけんな！　俺のペースも考えろ！　それにまだ完食してないぞ！　チームプリンセスお代わり無しで！　まだ食べきってません！」

ダリスが結んだ南方四大同盟の加盟国。

水と共に生きる大国サーキスタの第二王女、アリシアの存在が流れを変えた。

五階建ての男子寮四階に住んでいる俺と、五階建て女子寮の五階。つまり最上階に住んでいるあいつ。入居の条件は五階の方が遥《はる》かに難しい。四階は高位の貴族、そして五階は王族のみに開放されているからだ。

「シャーロット！　アリシアの魔法から俺たちのボールを守って！」

「やってますよスロウ様！　え〜〜〜い！！！」

アリシアの勢いや観客からの後押しもあってか、他のチームまで俺たちを狙ってくるようになってしまった。

観衆の熱狂《ねっきょう》はピークに達している。口笛を吹《ふ》いている奴もいるし、豚公爵をぶっ飛ばせなんて叫んでる奴もいる。もはや既《すで》に半分近いチームがリタイアしているので今更遅《いまさらおそ》いぜ！　と言いたいのだが、ここにきて俺は困った問題を発見してしまった。

「シャーロット！　何で他のチームじゃなくて俺の妨害ばっかりするのさ！」

「え？　妨害してますよ！　何言ってるんですかスロウ様！」

「だから俺の妨害してるのシャーロットは！　ほら見てよ！　今も俺のお代わりを持ってくる人をびっくりさせて転ばせちゃったじゃん！　あれもお代わり失敗になるんだよ！」

「スロウ様！　ソースが！　ソースが顔についてます！　びちゃびちゃです！」

一番の問題は俺の隣《となり》で杖を振《ふ》り回している女の子なのであった。

「違《ちが》うよ！　ソースが顔についたのはシャーロットの魔法《まほう》のせいだから！　シャーロットの魔法がテーブルのソースをぶちまけたんだって！」

「え？　私じゃないです！　あれは他のチームの！　チーム４の仕業です！」

「違うから！　シャーロットの謎《なぞ》魔法のせいだから！　チーム４は既に脱落済みだよ！」

「謎魔法じゃないです！　それに私が杖を持ったのは久しぶりだから。でも、もう大丈夫《だいじょうぶ》です！　感覚が戻《もど》ってきました！」

「……本当？」

「本当です！　信じてくださいスロウ様！」

はっきり言おう。

ここで言葉を濁《にご》すのはお互《たが》いのためにもよくない。

シャーロットは十年近くも昔に滅《ほろ》んだ大国ヒュージャックのお姫様《ひめさま》、非常に由緒《ゆいしょ》正しい家柄《いえがら》の女の子である。

「見ろよ、あの豚公爵の従者！　魔法を使ってるぞ！」

だが魔法の才能は酷《ひど》いもんだった。

デニング公爵家に雇《やと》われている従者の中で、魔法の使用が周りにいる人に迷惑《めいわく》を掛けるからと禁止されている従者なんてシャーロットぐらいのものなのだ。

「あの子はデニング公爵家に雇われてる従者だ！　魔法が使えるのは当たり前だろ！　デニング公爵家の従者は全員、魔法のスペシャリスト。強力なモンスターだって尻尾《しっぽ》を巻いて逃《に》げ出すって噂だ、あの見た目に騙《だま》されたら痛い目見るぞ！」

だけど俺にはどうすることも出来ない。

何故《なぜ》ならシャーロットがこの大食い魔法大会に参加する条件として提示した内容が、俺の杖を大会中はシャーロットに貸すことだったのだから。

そのためにチーム真っ白豚公爵は俺が食べる担当でシャーロットが魔法担当だ。

「ていうか従者にはこの大会の参加資格ないだろ。えーと、何々？　この紙によると大会への参加資格は……」

「おいやめろ！　従者は従者でもあの豚公爵の……デニング公爵家お抱《かか》えの従者だぞ。イチャモンつけたら魔法でフルボッコにされるかもわからんぞ！」

それに俺は変わったのだ。

もう昔のような真っ黒豚公爵ではなく、ホワイトな真っ白豚公爵《ぶたこうしゃく》になったのだ。

「はあ、それにしても可愛《かわい》いなぁ、シャーロットちゃん。豚公爵はあんな可愛い子を従者にするなんてまじで犯罪だろ」

俺が本気で他のチームの妨害に力を入れたら悪評が広まるどころの話ではない。阿鼻叫喚《あびきょうかん》の大惨事《だいさんじ》になってしまうだろう。

「シューヤ！　いい調子ですわよ！　そのまま食べたら優勝間違いなしですわ！　あいつに大差をつけて優勝！　あはは、良い気分よ！」

他のチームから妨害を受けて水びたしになっているアリシアが叫ぶ。

「もご！　もごごご！　お、お代わり！」

「おおっと！　ここにきてチームプリンセスが猛烈《もうれつ》な追い上げを見せています！　このままのペースを維持《いじ》すればチーム真っ白豚公爵に追いつけるかもしれません！」

まずい！

差が詰《つ》められる一方だ！

俺は先程からぶんぶんと杖を振り回しているシャーロットに向かって小さく言った。

「シャーロット。杖をテーブルの下に落として！」

「え？　どうしてですか？　杖落としたら妨害出来なくなっちゃいます」

「いいから早く！　そしたらまた杖貸してあげるから‼　それにシャーロットがやってるのは俺への妨害だよ！！！」

シャーロットがこれまた下手っぴな演技で杖を落としたことを確認《かくにん》すると、俺はテーブルの下にそそくさと潜《もぐ》り込み、拾い上げた杖の先をあいつらのテーブルに向け呟《つぶや》いた。

「錬金《れんきん》」

「シューヤ！　何やってるんですの！　テーブルの下を漁《あさ》るのは止《や》めて食べて！」

「お金が落ちた音がしたんだよ！　ちょっと待てって！　……あれ。俺の勘違《かんちが》いだったのかなあ、どこにも見当たらないや……」

チャリーン。

小銭の音である。誰《だれ》もが耳にしたことがある、金属特有のあれである。

「あ、また聞こえたぞ！」

「シューヤ！　何やってるの！　貴方《あなた》が拾ってるのお金じゃなくてただの鉄じゃない！

前々から思ってましたけどやっぱり貴方、馬鹿《ばか》ですのねッ！」

「あ、また音がした！　今度こそお金か⁉」

「……こらシューヤ！　さすがにふざけすぎですわ！　今は大食い大会の途中《とちゅう》だってこと忘れたんですの⁉　それにまたお金じゃなくて鉄じゃない！　もういい加減にしてよ！」

「ふざけてなんかないって！　だってお前もあの音聞いただろ、チャリーンって！　あ、また聞こえた」

「だから鉄！　どこがお金なのよ！　シューヤ、貴方頭可笑しいんじゃなくてッ⁉」

「お金かもしれないだろ！　いいかアリシア！　俺はお前への借金を一日でも早く完済するために少しでもお金が必要なんだよ！　一枚のシーリング銅貨でも拾わないといけないんだよ！」

「こらシューヤ！　こんな大勢の前で人聞き悪いこと言わないで！　あれは貴方が私の大切な花瓶《かびん》を割ったから！　一体どれだけの価値があった花瓶だと思ってるんですの⁉」

しめしめ、あいつらはどうやら仲違《なかたが》いを始めたらしい。

ぶひひ、姑息《こそく》と思うなかれ。

俺は杖を拾う振りをして、アリシア達のテーブルの下に向かって小石を投げる。そしてすぐさま錬金の魔法を掛《か》けてゆく。そんなことを何回も続けていたら、シャーロットからの冷ややかな視線を感じ、顔を上げる。

そこには眉《まゆ》をひそめて、う～と小さく唸《うな》るシャーロットの姿があった。

「えーと。シャーロット。その視線の意味は一体」

「……あの。スロウ様。私、あと何回杖《つえ》を落とせばいいんですか？」

「ん？　……うーん。あと、二回。いや、ここは余裕《よゆう》を持って三回ぐらいかな？」

「……私、すごく間抜《まぬ》けに見えてません？」

「そんなことないよ。シャーロットが間抜けに見えるなんてあり得ないって。ほらシャーロット、お願い」

「……はぁ」

俺がやっている卑怯《ひきょう》な手段については気付いているだろう。でも、今みたいにシャーロットが自由に杖を振るえる機会なんて滅多《めった》にない。渋々《しぶしぶ》ながらシャーロットは納得《なっとく》して、杖を落とす間抜けな小芝居《こしばい》を続けてくれた。

「あっ、また杖を落としちゃいました～」

「いいよシャーロット！　俺が拾うから！　……よいしょっと」

遂《つい》にはシューヤに手を上げそうになっているアリシアを見ながら、俺が地面に転がった杖を拾うために身体《からだ》をテーブルの下へ潜り込ませようとした時だった。

「——先輩《せんぱい》～～！　頑張《がんば》ってください！　優勝はもう少しですよ！」

「おおっと今の声はまさか！　まさかまさか！　僕の聞き間違いでなければッ、豚公爵であるスロウ様に向かっての声援《せいえん》が聞こえましたよ！　これは驚《おどろ》きです！」

天幕の下。実況席《じつきょうせき》に座っているビジョンの言う通り、不意に誰かが俺のことを応援する声が聞こえたのだ。俺は幻聴《げんちょう》かな？　と思ったのだが、俺以外にもあの声が聞こえた奴《やつ》がいるらしい。

それに観客席から起きているどよめきが何よりの証拠《しょうこ》だった。

「僕も皆《みな》さんと同じ気持ちです、まさかこの学園にスロウ様を応援する生徒がいるとは！」

うるせえよ。

「ですが皆さん！　覚えておいて下さい！　スロウ様は最近、ダイエットに励《はげ》んでいるんです！　それに毎朝、食堂にちゃんと顔を出すようになりました！　これからは真面目《まじめ》になるらしいので、先ほどの誰かのような応援をお願いします！」

ったく、あの馬鹿……実況は公平にやりやがれってんだ。

ほら、アリシアなんか露骨《ろこつ》にお前のこと睨《にら》んでるぞ。アリシアは怖《こわ》いぞ、何て言っても『シューヤ・マリオネット』のメインヒロインで、恐《おそ》ろしい敵だって平気で罵倒《ばとう》するような女の子だからな。

「ふわあ、魔法沢山《たくさん》使って疲《つか》れちゃいました。でもスロウ様、さっきの声、女の子の声でしたよね……？」

シャーロットも首をかしげているし、さっきの声は一体誰だったんだろう？

俺はテーブルの上に顔を出し周りを見渡《みわた》した。けれど俺たちを取り囲む観衆の数が多すぎて、声の持ち主を特定することは出来そうになかった。

まぁいいや。そろそろ制限時間の終わりに近いし、ラストスパートいってみよー！

「ほら！　お代わり！　もっともっと持ってきて！　まだまだ俺は食べられるよ！　ぶひぶひぃ‼」

「優勝はチーム真っ白豚公爵です！　二位のチームプリンセスに大差をつけて優勝！　やはり大食いで彼に勝つことは不可能でした！　誰もが予想していた結果だとは思いますが！」

こうして俺は二位のチームに圧倒《あっとう》的な差をつけて優勝した。

アリシアは茫然《ぼうぜん》とし、あいつの隣《となり》に座るシューヤは瀕死《ひんし》だった。観客は俺に対して、人間って自分の身体以上の大きさを持つものを食べられるの？　っとドン引きしていた。

ふふふふ、俺の食い意地を甘く見るなよ！　自堕落《じだらく》な生活をしながら毎日食いまくって体形を維持していた俺の努力をなめるんじゃない！　大食いで俺に勝てる奴なんてこの世にいないのだ！

「優勝賞品の美容薬は……えー、チーム豚公爵に、あ。真っ白豚公爵でした、彼らに贈呈《ぞうてい》ですね。あの可愛らしい従者さんにあげるのでしょうか？　というかスロウ様。あの。僕との話し合いじゃ二位の痩《や》せ薬を狙《ねら》ってたんですよね……？　一体どうしたんですか……？」

授賞式も終わり、俺は優勝賞品の美容薬を手にして唖然《あぜん》としていた。

いや、わかってたよ。

一位が美容薬で二位が痩せ薬ってことぐらいはさ。

だからこのまま優勝したら俺たちが美容薬をゲットしちゃうってことぐらい途中から気付いてた。

でも、まさか他のチームがあれだけ脱落《だつらく》するなんて思わなかったんだよ。

俺は皆がもっと食べられるだろうって自分基準で考えていた。でもまさか、あの根性《こんじょう》バカのシューヤでさえ途中から食べられないってギブアップを選択《せんたく》するなんてさ。お陰《かげ》で後半から食べるペースを調整して二位になろうと思っていたゲームプランが意味を無くし、ぶっちぎりで優勝する羽目になってしまった。

だけど、まだ痩せ薬をゲットするチャンスは残っている。

「なぁ」

背後から俺を見つめる誰かの気配。

わざわざあいつがやって来やすい環境《かんきょう》を作ってやった。生徒の目もない。あいつは俺と喋《しゃべ》っている姿を誰かに見られるのを嫌《きら》うだろうからこんな人目につかない場所にやってきたんだ。

「――――いつまでそこにいるつもりだ、アリシア」

「……痩せ薬を使って一気に痩せたいなんてあさましい……だってダイエットする機会なら今までに何十回、いえ何百回とあった筈《はず》。今更《いまさら》すぎると思いますわ」

若草香《かお》る木々の下にはやっぱりあいつの姿。

母国の魔《ま》法《ほう》学園ではなく、わざわざ異国のクルッシュ魔法学園にやってきた水都の第二王女にして大人気アニメ『シューヤ・マリオネット』のメインヒロイン。

同盟国からの留学生、アリシア・ブラ・ディア・サーキスタ。

このクルッシュ魔法学園が誇《ほこ》る人気者が、大きな瞳《ひとみ》でやっぱり俺を睨んでいた。

「差し伸《の》べられた手を掴《つか》まなかったからこそ、今の貴方がいるんですわ。豚《ぶた》のスロウ」

俺は知っている。アリシアの性格を誰よりも理解している。

何せ俺はアリシアの元婚約者《フィアンセ》だ。

嘘偽《うそいつわ》りを好まないこいつの言葉は辛辣《しんらつ》で、俺の心を無遠慮《ぶえんりょ》にズキズキと抉《えぐ》ってくる。だけど、だからこそ、真っ白豚公爵《こうしゃく》になった俺はこいつから逃《に》げてはいけないのだ。

「確かに遅《おそ》すぎるかもしれないな」

「言い直してあげる。遅すぎるんじゃなくて、もう無理なのよ。今更何をしようが無駄《むだ》な足掻《あが》き。だって貴方の評判はこのクルッシュ魔法学園だけじゃなく、ダリス国中、いいえ世界中に広まっていますから」

「世界中かぁ、随分《ずいぶん》と俺も有名人になったもんだな」

「冗談《じょうだん》なんかじゃないですわ。ダリス一の大貴族、デニング公爵家の恥知《はじし》らずと言われれば、サーキスタの誰だって貴方の顔を思い浮《う》かべる。本当に貴方のせいで私がどんな目に遭《あ》ったことか」

脳裏《のうり》に嫌《いや》な思い出が蘇《よみがえ》ったのか、アリシアの瞳に憎悪《ぞうお》が宿る。

こいつは俺に対して嫌悪感《けんお》を隠《かく》さない。恐らく、この学園で俺に対して一番大きな恨《うら》みやヘイトの気持ちを持っているのはこいつだろう。

「……それよりそんな有名人の俺に何か用？　大体は予想がつくけどな、だってお前があんなイベントにわざわざ参加するなんて可笑《おか》しいもんな、めんどくさがりのお前がさ。でも優勝賞品はこの国の貴族でも中々お目に掛かれないらしい美容薬、ちょっと考えてみれば確かにお前好みの一品だ。お前の目的はこれか？」

「当然。だって豚のスロウ、それは貴方《あなた》には必要のないものですから」

「だから貰《もら》ってあげるってか？　我儘《わがまま》なところは変わらないな」

「ふんっ。私、どこか間違《まちが》ってますかしら。豚のスロウ。貴方が二位の痩せ薬が欲しいってことは分かりますわ」

爽《さわ》やかな風がこの身を包み込む。

俺達の距離《きょり》は十歩にも及《およ》び、きっとそれが俺たちの心の距離を表しているんだろう。

「貴方がダイエットに励み出したお陰で学園中は大騒《おおさわ》ぎ。でも、今更ですわね。デニング公爵様でもあの騎士《きし》達でも、ダリスの誰《だれ》が問い質《ただ》しても知らんぷり。これが俺の本当の姿だなんて怠《なま》けてた貴方が今更、本当に……私のことだって無視してた癖《くせ》に……」

真っ黒豚公爵になってから、俺は少しずつこいつとの距離を空けてきた。

そして俺の婚約者《フィアンセ》であったというのもずっと昔の話だ。今はただの同級生。それ以外の関係はない。

「今更ってのは違いない。だけどアリシア、俺は痩せるって決めたんだよ。だからお前が持ってるその痩せ薬が必要なんだ」

「なら豚のスロウ。貴方が持っているその木箱と交換《こうかん》してあげてもよくってよ？」

挑発《ちようはつ》的な目線で、異国の姫《ひめ》は小さく笑う。

「言っとくけどなあ……価値としては俺が持ってるこれのほうが何十倍もあるんだぞ？何せ優勝賞品と準優勝賞品だ。それをただで交換ってわけにはいかないなあ」

それにしてもアリシアは人のことを豚だ、豚だと言いやがる。

確かに俺の外見は豚に近い形状をしているかもしれないが、配慮《はいりよ》をしろ配慮を。

「……っち」

舌打ちときたか。

「酷《ひど》い態度だな。そんなお前がこの学園の人気者なんてとても信じられない。学園の男連中はきっと騙《だま》されてるに違いないよ」

「それを言うなら豚のスロウ。貴方みたいな豚がダリスの大貴族、デニング公爵家に連なる者なんてそれこそお笑い種《ぐさ》ですわ。歴史の長いデニングの祖先に顔向け出来ませんわ。

あれだけ私たちに……期待をさせておいて」

……。

誰も知らない。

俺が何故《なぜ》真っ黒な豚公爵を演じてきたか、本当の理由を。

けれどそれは何よりも大事な俺の秘密。

彼女の秘密を他言せず、生涯《しょうがい》守ると俺は誓《ちか》ったのだから仕方ない。

「……まあなアリシア。全《すべ》てお前の言う通りだよ。俺はデニング公爵家の恥晒《はじさら》しで祖先の栄光に泥《どろ》を塗《ぬ》った。顔向けなんて出来る訳もない。言い訳はしないさ」

「その言葉、豚のスロウのお父様、公爵様達が聞いたら泣いて喜ぶことでしょうね」

「さぁな、もう俺のことなんて忘れてたりして」

「全て貴方の自業自得《じごう》ですわ」

「そうだな。やっぱりお前の言う通りだよ。ていうか、さっき気付いたんだけど、お前まだその杖《つえ》使ってるんだな」

杖、それは精霊《せいれい》とのコミュニケーションツール。

平民ならいざしらず、貴族の新入生は学園に入るにあたって新調するものだ。どこの国も貴族とは見栄えを気にするものである。しかもアリシアは他国からの留学生である王族だ。偽《いつわ》りなくアリシアは国を表す一つの鏡といっていい。

「相変わらず……どうでもいい所に気がつく奴《やつ》ですわね」

なのにこいつが使っている杖は幼い頃《ころ》から使っているのと同じもの。真っ黒豚公爵だった俺だって家柄《いえがら》を見せつけるためにデニング公爵家から新しい奴を渡《わた》されたぐらいなのに。

「馴《な》れ親しんだ杖を使うことの有効性はアカデミーでも実証済み、それに杖は大切に使うべき。王族は貴族の模範《もはん》となるべき存在ですから」

「確かにそういう説もあるな。それにものを大切にするのはいいことだ」

「……これに付いてる宝石とかは小さい頃貴方からもらったものですけど、ただ杖が使いやすいから使ってるだけ。変な勘違《かんちが》いをするのはやめて欲しいものですわね」

「いや、別に勘違いなんてしてないけど」

俺には分からないけれど、どこかに怒《いか》りポイントがあったらしい。

真っ赤になったアリシアは持っていた木箱をそれはもう見事なオーバースローで俺に向かって投げつける。

「それにこんな気持ち悪い薬、誰がいるかっての！」

「うわお前、投げるって！　中には貴重な！　あ、いてっ！」

綺麗《きれい》な放物線を描《えが》いた大食い魔法大会の賞品は俺の頭にごちんとあたり、俺は美容薬の入った木箱を地面に落としてしまった。

「おい。投げることはないだろ、投げることは……」

「この杖は思い入れがあるから使ってるだけ、変な勘ぐりはやめて欲しいものですわ！」

アリシアはうがーっと怒り、俊敏《しゅんびん》な猫《ねこ》のように俺のもとに詰め寄る。怒《おこ》りっぽいところは昔とちっとも変わらない。

俺が失ったものの欠片が戻《もど》ってきたような、懐《なつ》かしい感じだ。

ちょっとだけ嬉《うれ》しくなった。

「何ニヤついてるんですの！」

「あ、お前勝手に」

そして俺が頭を押さえて痛みに唸《うな》っていると、地面に落ちた美容薬入りの木箱をアリシアはそそくさと奪《うば》いとってしまうのだった。

「豚のスロウ！　私には貴方が今更変われるなんて絶対思えませんわ！　ふん。精々、シャーロットさんに見放されないように頑張《がんば》るんですわね！」

捨て台詞《ぜりふ》を残して、あいつはぴゅーっとツインテールを揺《ゆ》らしながら走り去ってしまった。制服のスカートがひらひら揺れて、健康的な足がその隙間《すきま》からちらちら見えた。

「……そういえばあいつとこんなに長く喋ったのは何年振《ぶ》りだろうな……ま、いいか。これで痩《や》せ薬を無事にゲットだぜ」

地面に落ちた木箱の汚《よご》れを軽く払《はら》い、中身を確認《かくにん》するためにパカッと開く。するとその中には黄土色の液体が詰《つ》まった透明《とうめい》の瓶《びん》が木屑《きくず》とともに丁寧《ていねい》に収められていた。

「こうして痩せ薬の中身を見るのは初めてだな……でも噂《うわさ》通り、冬眠《とうみん》状態のファットワーム。うっ、改めて見るとグロテスクだな……」

液体の中には巨大《きょだい》なミミズが瞳を閉じ、浮かんでいる。

こいつはダンジョンに生息するミミズ型モンスター、ファットワームだ。仮死に近い冬眠中、身体《からだ》から滲《にじ》み出る分泌《ぶんぴつ》液が脂肪《しぼう》を分解すると言われ、高値で取引される超《ちょう》貴重モンスターの一種。このように、冬眠中のファットワームを飲みやすいよう味つけされた液体に漬けておいた飲み物を痩せ薬と呼ぶのだ。

中身を無事確認し、木箱の中に痩せ薬を入れ直す。湧《わ》き上がる達成感に痺《しび》れていると肩《かた》をとんとんと叩《たた》かれた。振《ふ》り返ればそこにはシルバーヘアーの可憐《かれん》な女の子。

「スロウ様！　どうでしたか？」

「ぶっふっふ、よくぞ聞いてくれたねシャーロット。これを見てくれ！」

「わあ！　無事にアリシア様と交換出来たみたいですね！　作戦、大成功です！」

喜びを全身で表現する彼女は俺の従者であり、さっきまでは一緒《いっしょ》に大食い魔法大会に参加していたシャーロットだ。

「全部シャーロットのお陰《かげ》だよ。幾《いく》ら周りに誰もいなかったからって、本当にアリシアが俺に話しかけてくるとは思わなかったよ」

優勝賞品を授与《じゅよ》される際、誰よりも悔《くや》し気だったアリシアに気付いたのはシャーロットだ。

大会後、美容薬を持って人気のない場所に移動し、話しかけられるような隙《すき》をみせればアリシア様は絶対に痩せ薬との交換を持ちかけてくる筈です！　とシャーロットは痩せ薬を手に入れるための作戦を提案してくれたのだ。

「でもスロウ様。交換するだけだったのに、随分と長い間アリシア様と話し込んでましたね。一体、何をされてたんですか？」

「ただ嫌味《いやみ》を言われただけだよ。あいつに言わせれば、俺が今更痩せ薬を欲しがるなんて意味が分からないんだとさ。それにあいつ、痩せ薬の入った箱をぶん投げてきたよ。ひどい奴だ」

「うーん、私はアリシア様が見直した！　とかおっしゃると思ったんですけど……それよりスロウ様。その箱の中身、見せてください！」

「わわ！　シャーロット、慎重《しんちょう》に！　慎重にね！」

「分かってます！　慎重さにかけては私、すごいですから！　任せて下さい！」

春の陽気に照らされたシャーロットの白い手が木箱から痩せ薬の詰まった瓶を取り出して、そこからはあっという間の出来事だった。

黄土色の液体で一杯《いっぱい》の瓶をシャーロットは太陽の光に透《す》かすよう空に掲《かか》げ。

「──え？　な、ね、きゃあ！　ななな何ですかこれ‼」

液体の中に沈《しず》められているファットワームを間近で見たのか悲鳴を上げた。

だから俺は咄嗟《とっさ》に手を伸《の》ばして、シャーロットの指の隙間から落ちる瓶を拾おうと必死になった。

けれど、するりと掠《かす》める瓶の表面。

俺の目の前で痩せ薬の瓶はバリンと音を立てて砕《くだ》け、中身の液体は全て地面に染み込み、シャーロットがまたもひゃっと悲鳴を上げた。

「み、ミ、ミズミ……。スロウ様、気持ち悪いミミズが」

シャーロットが震《ふる》えながら指さす先で、とっても貴重なミミズ型モンスターが割れた瓶の中からウネウネと這《は》い出し、緩慢《かんまん》な動きで地面の中に潜《もぐ》っていく。

「……あれが痩せ薬の正体だよシャーロット。通称《つうしょう》、ファットワーム。仮死状態の身体から出る体液が脂肪分解に効果があるって言われてるモンスターで、冬眠中のあいつを眠《ねむ》らせたまま液体の中に入れたものを痩せ薬っていうんだ。そっか、シャーロットは知らなかったんだね……」

「そそ、そうだったんですね、ごごご、ごめんなさい、スロウ様。私……私」

冬眠から覚めたファットワームに価値はない。

それに俺のように痩せ薬の正体が何か知っていなければ、気持ちの悪いあの姿に驚《おどろ》くという方が無理があったかもしれないのだ。

気にしないでよあいつは自然に帰ったんだよ、そう声を掛けようとしてシャーロットがはらはらと流す涙《なみだ》に固まった。

「なにも泣くことないじゃん！」

「ううう、でもスロウ様、折角ゲットしたのに。折角アリシア様から頂いたのに。私が、私の馬鹿《ばか》。ミミズなんて食べ物なのに。デニング公爵《こうしやく》領地では沢山《たくさん》食べたのに……」

「シャーロットには大食い魔法《まほう》大会に参加してもらったし俺は楽しかったよ！　久しぶりにアリシアとも話すことが出来たしさ！　それにミミズは食べ物じゃないよ！」

どっちみちシャーロットの協力が無ければ、俺は大食い魔法大会に参加することさえ出来なかった。それにたとえ痩せ薬が無くなってしまったとしても、二人で挑戦《ちようせん》して優勝を勝ち取ったという事実は消えないのだ。

「…………………した」

そんな俺の必死の説得が功を奏したのか、シャーロットはごしごしと目元を擦《こす》りながら、小声で何かを呟《つぶや》いた。

「…………………決めました」

「えっと、何を？」

「痩せ薬、作ります」

……シャーロットが？　と問うと、シャーロットはこくんと頷《うなず》いた。それは痩せ薬の原料であるファットワームをダンジョンで捕《つか》まえてくるって意味なの？　と聞こうとして俺はごくりと生唾《なまつば》を飲み込んだ。

だって愛《いと》しいシャーロットが俺のためにつくってくれる痩せ薬。それがどのような製法であろうともこれ以上に嬉しいものがあるだろうか？

「私が……作ります。いえ、作ってみせます、スロウ様のための痩せ薬」

グッと握《にぎ》りこぶしを作り、鬼気《きき》迫《せま》る表情で決意表明する俺の従者。

こうして、シャーロットによる痩せ薬作製が始まったのであった。

三章　主人公は、どちら？

想像してみてほしい。

閉じたカーテンの隙間から差し込む光。僅《わず》かな眩《まぶ》しさが次第《しだい》に大きくなり、暗かった室内を照らしてゆく。朝の到来《とうらい》を知った俺はふかふかのベッドから出て大きく身体を伸ばし、カーテンを開けると窓の外にはファンタジー世界がこれでもかと広がっているんだ。

今日もクルッシュ魔法学園の一日が始まることにちょっとだけ興奮し、鼻息が荒《あら》くなる。

「ぶー、ぶー」

おっと、これじゃあ本物の豚《ぶた》だ。静まれ、俺。

でも異世界サイコーなんて気分は寝室《しんしつ》を抜《ぬ》け出してそれらを見た瞬間《しゅんかん》一変する。

まず寝室からリビングに移動させたでっかい姿見。そこには未だ肥満の豚が映っている。出荷させるか迷うぐらいの豚を見て、俺は現実ってそんな甘くないよなって絶望するんだ。

そして、二つ目。毎日、寝《ね》る前に用意していた飲み物が机の上で早く飲めやオラアと存在を主張している。

ちなみに俺の自室である男子寮《りょう》四階は高貴な者しか住まうことを許されない。そのために調度品も一級品だ。この机だってそんじょそこらの木の机じゃなくて、かなりのお値段がする。

まあ、そんなことはどうでもいい。今は自慢《じまん》は置いといて現実に戻《もど》ろう。

「……はぁ」

テンションがナイアガラの滝《たき》のように一気にガタ落ちになる。

例えば目の前に毒々しい色と恐《おそ》ろしい臭《にお》いを発する液体があるとして、飲もうと思う勇者が何人いるだろうか？　正直言ってもし砂漠《さばく》に放り出されてあの液体をやっとの思いで見つけたとしても俺は飲まないね。こんなん誰《だれ》が飲むかってぶん投げると思う。

「……」

さて、あれは痩せ薬である。

大切な従者であるどじっ子美少女がわざわざ俺のために作ってくれたものだ。

飲むしかあるまい？　飲むしかあるまいよ……。意を決して、俺はグラスに移した液体を口の中にごくごくと流し込んだ。

「ぐえ」

違和《いわ》感。

「ぐほお、おご、おごごごご」

吐《は》きそうになるのを無理やり抑《おさ》え込む。

まずい。これ、飲み物か？　オークのお……お、おぴっことかじゃないよな？

「しゃ、シャーロット。この味付けはもう少し何とかならなかったのかな？」

そんな時、俺の脳裏《のうり》にピキーンと稲妻《いなずま》が走った。

俺の頭の中にはこの世界『シューヤ・マリオネット』でこれから起こるアニメ知識が詰《つ》まっているが、同時に今まで真っ黒豚公爵が生きてきた全《すべ》ての記憶《きおく》・経験もきっちりと格納されているのだ。

あー。そういえばシャーロットって料理がドン引きするぐらい下手だったよなー。

従者として彼女が致命《ちめい》的な料理スキルを持っていたことを思い出す。

うちの家、デニング公爵家で鍛《きた》えられたシャーロットの料理スキルは主にサバイバル条件下といった限定的な方面でメキメキと伸びてしまった。一緒に山奥に放《ほう》り出された時は栄養があるからとモンスター図鑑《ずかん》に記載《きさい》されていた毒ガエルを食す羽目になったり、幸いにして飢《う》えることはなかったけどああもう思い出すだけで恐ろしいよ。

「でも本物の痩《や》せ薬って、どんな味だったんだろうなぁ……」

夕暮れ時。

「これって痩せ薬だったんですね……すごい臭いだったから誰かの悪戯《いたずら》かと思いました」

夕食前にひとっ走りしている途中《とちゅう》、ゴール地点である大木の下に置いておいた痩せ薬を座り込んで見つめている女の子を見つけた。

何故《なぜ》こんな場所にいたのか聞けば、ここは彼女の秘密の練習場所の近くであり、それにこの辺りを俺がランニングコースにしているという噂《うわさ》を聞いたのだそうだ。

「でも先輩《せんぱい》、瓶《びん》のふたを開けっ放しにするのは止《や》めておいたほうが……」

「ほんとだ、蓋《ふた》が開いてる。飲んですぐ走り出したから気付かなかったよ……ていうかその声。どこかで聞き覚えがあると思ったら、やっと分かったよ。この前の大食い魔法大会の途中で応援《おうえん》してくれたのはティナ、君だったんだね」

「そうですよ、私でした」

そう言って痩せ薬の瓶をつんつんと突《つつ》きながらくふふと笑う一年生。アニメの中ではサブキャラクターとして魅力《みりょく》を振《ふ》りまく、魔法が使えるようになった女の子。

「でも、どうして？」

「そりゃあ先輩は魔法の師匠《ししょう》ですから応援ぐらいしますよ、私にとっての秘密の魔法の師匠ってやつですから！」

俺とティナがこうしてしゃべるようになった経緯《けいい》、それはティナが初めて魔法に成功したあの日に遡《さかのぼ》る。

「その割には応援の声すぐに聞こえなくなった気がするけど」

「うわ、覚えてますねぇ先輩。あの時は何だか先輩頑張《せんぱいがんば》ってるから声が出ちゃったんですけど、注目浴びたのですぐに逃《に》げることにしたんです」

「ふっ、何だよそれ」

あの日の翌日にティナに詰め寄られ、あの光景を全部見てたと伝えればがっくしと肩《かた》を落としていたが吹《ふ》っ切《き》れるのもまた早かった。

それからティナは頻繁《ひんぱん》に魔法のアドバイスを求めてきて、そのためか俺たちはちょこちょこ話す関係ぐらいにはなっていた。

けれど大体ティナが話しかけてくるのは今みたいな周りに人がいない時ばかり。貴族と一緒《いっしょ》の優雅《ゆうが》な学園生活、ティナは猫《ねこ》をかぶって自分もおしとやかな女の子として生活したいらしかった。

まぁ仕方ない、俺はクルッシュ魔法学園でも類を見ないほどの嫌《きら》われ者だ。

「でも俺が君の魔法の師匠？……俺って君が嫌いな貴族だぜ？」

「……先輩ってあんまり貴族風吹かさないじゃないですか、しかもあのデニング公爵家なのに。だから先輩はバカ貴族！　って感じがしないというか」

　俺に対しては裏の顔、素の姿で接してくる。

　デニング公爵家、さらに学園で一番怖《こわ》がられてる俺相手に大した度胸だ。

「いや、まあその通りだけど……それでその後はどうなの？　平民が学園に入学してすぐに魔法が使えるようになった。かなり話題になったでしょ」

「まぁそうですね」

　ティナは負けん気というか、強いハングリー精神を持っている。

　もっと魔法が上手《うま》くなりたい、俺から知識を吸収してもっと上手く魔法が操《あやつ》れるようになりたい。貪欲《どんよく》に学ぶ姿勢を見て土の精霊《せいれい》がティナに力を貸したくなる気持ちが俺にはよく分かった。

「すごく話しかけられるようになりましたね。どうやったんだ？　って。でも私が魔法使えるようになったのは先輩のお陰《かげ》って言ったら、皆《みな》びっくりするんですよー。先生達からいくら教わっても魔法が使えなかったのにって。だから嘘《うそ》だって言う人も多いんです、というより誰も信じてくれませんねー。先輩、どんだけ評判悪いんですか」

「まあ、仕方ないよ……俺だもん」

「でも私は先輩のお陰だと思ってます。だから先輩は私の師匠なんです」

「他の人がいる時は話しかけてこないくせによく言うぜ」

「いやそれはその……私の学園生活のことも考えて下さいよ。私にはデニング公爵家みたいな後ろ盾《だて》がないんですから」

「ったく……」

それにしても俺が魔法《まほう》の師匠ねぇ。

ティナはそう言ってくれるけど、俺のアドバイスで魔法が使えるようになったというのは語弊《ごへい》がある。

真実はちょっとだけ違《ちが》うのだ。

この前の魔法演習で平民の生徒達に向けた言葉、あのアドバイスは実はティナ一人に向けたもの。

俺にはありとあらゆる場所に生息する精霊が見える。あの平民集団の中で、最も魔法が使える可能性がありそうだったのがティナだった。だからこそ土の精霊がティナの魔法に応《こた》えるべきか迷っている理由もわかった。

俺はただきっかけを与《あた》えたに過ぎない。

「この前は応援ぐらいしか出来ませんでしたけど……私、先輩の役に立ちたいんですよ。恩返ししたいんです」

「恩返し？」

そこで俺はシャーロットが言っていたことを思い出した。

この醜悪《しゅうあく》な外見を変えることも大事だが、それと並行して俺の悪評、いつも悪戯ばっかりしてるとか授業を真面目《まじめ》に受けている姿を見たことがないとか、果ては貴族の生徒からデニングの名前を使って金を巻き上げているだとか。

そうした悪いイメージを無くすことが何よりも大事ではなかろうか！

名付けてイメージアップ大作戦。

そのことをティナに伝えると確かに！　と強く納得《なっとく》してくれた。

「確かにみんな先輩のことを誤解してるような気がします。私が先輩のことを知ったのはこの前の授業からですけど、全然噂で言われるような人だとは思えません。それに先輩がもうちょっとまともになれば私も人前で魔法のアドバイスもらえるし」

「ちなみに噂ってどんなこと言われてるの？」

「えっと、それは……聞かない方が……」

言葉を濁《にご》すティナの姿を見て俺は全てを察した。

「あっいいよ……普通《ふつう》にショック受けそうだから……」

「そうですね、それがいいと思います……でもイメージアップ大作戦ですかぁ、うーん

「…………」

そりゃあそうだよな、そんな都合良くぽんぽんと出てくるわけないよな。

長い長い沈黙《ちんもく》の後、ティナはぽんと手を叩《たた》いた。

「あ、私。先輩に頼《たの》みたいことあるかもしれません」

「え？　あるの？」

「はい、友達でメイドやってる子がいるんですけどちょうど今困ってて……でも先輩、お貴族様だし。しかもあのデニング公爵家の方にお願いするのは……さすがにちょっと悪いといいますか」

「いや、そんなキャラじゃないでしょ。さっきまで全然恐縮《きょうしゅく》してなかったじゃん」

「……ですよねー」

ティナはあっさりと言い捨て、悪戯っぽく笑ってみせる。

「じゃあ……お願いしてみよっかな。確か先輩って毎朝、ここを走ってるんですよね？」

朝日が顔を覗《のぞ》かせる時刻。

沈黙と静寂《せいじゃく》に包まれたクルッシュ魔法学園の片隅《かたすみ》、寂《さび》れた研究棟《とう》の周りを走る汗《あせ》だくの豚《ぶた》がいた。

「ぶひ、ぶひ」

俺である。

毎朝の日課としてランニングコースをせっせと走りながら、俺は思う。

この身体《からだ》についた脂肪《しぼう》を取り除くのは並大抵《なみたいてい》のことじゃない。

けれど俺は身体を苛《いじ》め続ける。目に見える劇的な成果はすぐには望めないけど、醜《みにく》い体形は確実にシェイプアップしている。それに真っ黒豚公爵時代には出来なかったことが出来るようになっていた。

ダッシュだ！

短い距離《きょり》だが俺は全力でダッシュが出来るようになったのだ！　今までは膝《ひざ》に負担が掛《か》かるからゆっくりと走っていた！　けど今の俺は違うぞ！

「ぶひひひひ」

もっかいダッシュ！　筋肉が悲鳴を上げている！　脂肪が消えたくないと叫《さけ》んでいる！　悪いな、もうお前らとはお別れなんだ！　俺は頑張《がんば》って痩せマッチョになるんだ！　おっしゃ、トドメのもういっちょダッシュ！

朝のランニングで重要なのは継続性《けいぞくせい》だ。

前までは研究棟の周りを半周も出来なかったのに、今は一周ぐらいなら簡単に走れるようになっていた。どれだけめんどくさいと思っても続けることが大事なんだ。

「ぶっひっひ……ぶっひっひ……」

ぜーはーと息を整えるため速度を早歩きぐらいにまで落としていく。ダッシュは俺の肉体、主に膝の部分に的確にダメージを与えてくる。使いどころを間違えれば致命傷《ちめいしょう》も間違いなしの荒技《あらわざ》なのだ。

「えっと。スロウ様、お疲《つか》れさまです。それで……この方はどなたですか？」

「ん？　ティナだよ」

ゴール地点でシャーロットの綺麗《きれい》なシルバーヘアーが風に流されて揺《ゆ》れていた。そんな彼女の透《す》き通るような声の先に一人の女の子が立っている。

平民の新入生、ティナだった。

あどけない童顔だけど起伏《きふく》に富んだ素晴《すば》らしくスタイルの良い女の子。朝早くということで、寝起《ねお》き特有のラフな恰好《かっこう》。もしかしたらそれパジャマ？　と勘違《かんちが》いするぐらいの緩《ゆる》い恰好は襟元《えりもと》が大きく開かれ、膨《ふく》らんだ胸元《むなもと》にそわそわと意識が向かってしまうのも仕方がないだろう。

「えっとスロウ様……私、初めて聞いた名前というかそんなことよりもこの子。お、女の子……スロウ様！　この子、女の子じゃないですか！」

「どこからどう見ても女の子だよ！」

「あ、アリシア様よりも女の子じゃないですか！」

　俺よりも一つ年下なのに女性らしい抜群《ばつぐん》のプロポーション、シャーロットは豊かなティナの胸元に目をやり最初はちょっとだけ固まっていた。身なりを気にする貴族の女生徒だったら絶対にしないような恰好だ。もしかして朝早いから寝起きの恰好そのままで来たのかもしれない。

「……どういう意味かは聞かないでおこう。まあでも、シャーロットが思わずそんなことを口走っちゃうぐらい混乱してるってことは分かったよ」

「だ、だだだだって！　スロウ様に、女の子の友達ですよ！　ちょっと信じられないといいますか。……もしかしたら、この学園に来てから一番びっくりしてるかもしれません。スロウ様が入学式の時に癇癪《かんしゃく》を起こして暴れ出した時より驚《おどろ》いちゃいました」

「俺が本気を出せばこんなもんさ」

「確かにスロウ様は変わるっておっしゃいましたけど……結果が出るの早すぎだと思います……はふぅ」

どうやらシャーロットは俺の言葉を疑っていたらしい。

まあ仕方無いか。俺が変わる宣言をしてからまだ太陽が十数回上り下りしただけだ。たったそれだけの時間で同性の友人ならいざ知らず、異性の友達まで出来たのだから。俺の人生における快挙といってもいいだろう。

ティナはクルッシュ魔法学園に入学したばかりの平民一年生だ。だからまだ俺に対する偏見が少なかったのかもしれない。大食い大会の後にそんな感じのこと言ってたし。

「んン……先輩《せんぱい》。もしかしてその方、従者の方ですか？」

眠《ねむ》そうな目を何度か擦《こす》った後、ティナはシャーロットをしげしげと見つめた。

「そうだよ、俺の小さい頃《ころ》からの従者でシャーロットって言うんだ。うちの家、デニング公爵家に雇《やと》われているって形なんだけど、俺の専属の従者だからクルッシュ魔法学園にも一緒《いっしょ》に付いてきてもらってるんだ」

気品溢《あふ》れる洗練された仕草でシャーロットはティナに向かって穏《おだ》やかに微笑《ほほえ》んでみせる。

ティナはそれだけでうっすらと頰《ほお》を染めた。

シャーロットは色白の本当に透き通るような美人さんだ。ティナはそんなシャーロットに少し見惚《みと》れているようだった。

「……わあ。先輩にはキレイな従者さんがいるって噂は聞いてましたけど、すごいですね。

ほんとでした。あ、私はティナっていいます。先輩には授業でお世話になったんです」

「こちらこそ、スロウ様をよろしくお願いします。それであの……ティナさんはスロウ様のお友達ってことでよろしいんでしょうか」

「……え！　先輩とお友達なんてそんな恐《おそ》れ多いですよ！」

ティナは慌《あわ》てて否定する。

なんだぁ？　恐れ多いだって？　そんなこと全く思っていないくせに。

これは猫《ねこ》かぶってるモードだとすぐに察する。俺と二人きりなら、もっと口が悪くて逆に女の子と友達になれてよかったですね先輩なんて、からかってくるような女の子なのだ、ティナという女の子は。

「先輩には可愛《かわい》い後輩《こうはい》ぐらいに思ってもらえたら充分《じゆうぶん》です！　だって先輩はお貴族様の中でも別格のデニング公爵《こうしやく》家の方ですし……。学園の中だからこうして喋《しやべ》れてるだけで、私はただの宿屋の娘《むすめ》ですから……もう立場が違いすぎて友達なんてとてもとても！」

よく回る舌である。

普通の平民ならそう思うのが自然だろう。でもティナは実家が宿屋で昔からお手伝いをしていたようで人の本質を見抜《みぬ》くのに長《た》けている。ここまで言えば怒《おこ》るだろうとか、微《び》妙《みよう》な境界線を見抜く術《すべ》に長けているのだ。それは俺との付き合いの中でも遺憾《いかん》なく発揮され、俺としてもティナとの小気味いい会話を楽しんでいたりするぐらいだ。

「えっと。それでティナさんはどうしてここに？　まだ朝の食堂も空いてない時間ですけど……それにその恰好……むむむ」

いやいや恐縮です、私しがない町娘ですからとおろおろするティナはシャーロットの言葉で何かを思い出したのか。

「あ！　そうでした！　えっとあの、先輩にはこの前言ったんですけど、最近仲良くなった子でメイドとして働いてる子がいまして」

ごそごそとポケットから何かを取り出す。その度に肩紐《かたひも》がずれそうではらはらしてしまうよ。

「モロゾフ学園長がクルッシュ魔法《まほう》学園にやってこられるお客様を接待するための貴賓《きひん》室って場所がどこかにあるらしくて、そこにはとっても高価だったり珍《めずら》しかったりする置物とかが沢山《たくさん》あるようなんです。それで私の友達がお仕事でその部屋のお掃除《そうじ》を担当してるんですけど……えっと、これを見て下さい」

「あ……綺麗。これって昔流行った魔法細工ですね。最近はとんと見なくなった作り方で作られたやつ」

ティナの手の中には小さくて見事な魔法細工が収まっていた。

この形は鳥かな？ 可愛らしく繊細《せんさい》な造り、でもどこかアンティークさを感じさせる透《とう》明《めい》な置物だ。

「でも……翼《つばさ》が取れてますね」

けれどシャーロットの言う通り翼の部分が欠けていた。背中から生えた右の翼が根元からぽっきりと折れ、ティナの小さな手のひらの上に転がっている。

「そうなんですシャーロットさん。貴賓室って滅多《めった》に人が入らない場所でお掃除も一週間に一度だけしかしないみたいなんです。友達が言うには前に掃除しに行った時は壊《こわ》れてなかったのに、この前行ったら壊れてたみたいで。思わず持って帰ってきちゃったらしいです。誰《だれ》も入ってない筈《はず》の部屋だから、報告したら自分が壊したって疑われちゃうかもしれないって落ち込んでて……」

「なるほどね、誰かが悪戯《いたずら》で入り込んで、物珍《ものめずら》しさで触《さわ》っちゃったら取れちゃったのかな。結構古そうなアンティークで脆《もろ》そうだし、こういうものが好きなら思わず触ってしまいそうなつくりだし」

「魔法細工ですから、もし魔法で直せるならってことで持ってきたんです。先輩、どうですか？」

俺はティナから羽と分離《ぶんり》してしまった魔法細工を受け取ると、目を細めて細部を確認《かくにん》する。

片翼《かたよく》を失った無色透明な鳥が俺を見つめていた。

「うん。これぐらいなら今すぐにでも直せるよ。ただ翼を付ければいいだけで他はどこにも問題が無いようだし。これは昔の魔法使いが作ったもので、今の時代じゃ滅多にお目にかかれない骨董品《こっとう》。わざわざ魔法で作ったって事実が価値を高めてるタイプのやつだね」

「スロウ様、こういうの好きでしたよね。小さい頃、よくアリシア様に作ってあげてました」

「……よく覚えてるねシャーロット」

確かに幼い頃は作ってやったかもな。とはいってもこんなに綺麗なものじゃなかったけど。

「うそ！　子供の頃からそんなに魔法が上手だったんですか先輩！」

「うん。まぁね、俺には魔法しかなかったから」

ティナはこういうのが好きらしく、目を輝《かがや》かせて昔俺が遊びで作っていた魔法細工についてのシャーロットの話に聞き入っていた。

そういえばティナが目覚めたのも土の魔法、将来的には土の魔法でドールを作ったりしたいって言ってたな。ティナは芸術方面に興味があるらしいのだ。

「ティナ。手のひらを出して」

おずおずと開いた手のひらに翼の取れた魔法細工をそっと置く。

俺は腰《こし》から黒く染色された杖《つえ》を取り出し、軽く微笑んだ。

欠けた翼がゆっくりと浮《う》いていく。ティナは瞬《まばた》きもせずに俺の魔法を見つめていた。

「――さすがにゼロからこれを作るぐらいの魔法細工の才能は俺にはないけど直すぐらいなら何とかなるかな」

この前廊下《ろうか》で出会った時、ティナは魔法使いとしてもっと成長したいと言っていた。平民らしい貪欲《どんよく》な向上心に俺は失った嘗《かつ》ての気持ちを思い出したような気がしたものだ。

魔法学園に入学するような平民生徒はほぼ全員魔法を習得することを目標に掲《かか》げているが現実はそれほど甘くない。平民生徒の入学者は毎年百人行くか行かないかぐらいで、その中で卒業時に一人か二人が何らかの魔法現象を扱《あつか》えるようになれば御《おん》の字とされている。

それぐらい彼らに精霊《せいれい》は興味を示さないのだ。

「すごい繊細な魔法……先輩はデニング公爵家の方ですから、すごい力のある風の魔法使いだとは思ってましたけど……」

「そんなことないさ」

火の魔法で翼の欠けた断面の中心を軽く熱し欠片を接着、そして水の魔法で即座《そくざ》に全体を急冷させる。もし破片が欠けていたりすれば、ここで土の魔法もブレンドさせるんだけどその必要はないようだ。

「火と水の魔法をこんなに丁寧に……先輩。でも、一番得意なのは風の魔法なんですよね」

「器用貧乏《びんぼう》なだけだって」

「それってもう嫌味《いやみ》も言えないぐらいのレベルですよ……」

ティナは真剣《しんけん》な顔で覗《のぞ》き込んでいる。

息をするのも忘れたぐらいの真剣さだ。

「ふぅ、直ったよ」

翼がくっつき、片翼の鳥は己を取《と》り戻《もど》した。ちょっと見ただけでは問題があったようには思えないだろう。

「わわ！　本当だっ、すごい！　すごいです先輩！」

嘗ての姿を取り戻した魔法細工を見るとティナはとっても喜んでくれた。親の形見ってぐらい大切そうに仕舞うと、何度も何度も頭を下げその姿はこちらが恐縮《きょうしゅく》してしまうほど。

「きっと友達も喜びます！　ここ数日ほんとに落ち込んでて、私も心配してたんです！　ありがとうございます先輩っ」

平民同士の固い絆《きずな》。

この魔法学園は貴族のために創られた学園だ。だからこそ、数少ない平民の生徒は年の近い平民出身のメイドの子らともお互《たが》い助け合って暮らしていると聞いたことがあった。

「いいっていいって」

「そんな！　今度何か奢《おご》らせてください！」

ティナはまさか本当に俺が直せるとは思っていなかったらしく、怒濤《どとう》の勢いで俺を賞賛してくれる。抱《だ》きつかんばかりの勢いだ。

「でも先輩がこれだけの腕《うで》を持ってるってことは従者のシャーロットさんも魔法が上手なんですか⁉　デニング公爵家の従者さんは皆《みな》さんすごい魔法が上手って聞いたことありますよ！」

テンションが上がっているらしいティナの言葉にシャーロットがぴきりと固まる。

「え、えっと。私は……」

貴族の従者が皆《みな》魔法を使えるわけではないけれど、クルッシュ魔法学園にまで主《あるじ》と共にやって来るような従者は大貴族に雇われた貴族の若者であることが多かった。それにこの国ダリスでは従者の能力が主の格を決めるとも言われている。そしてティナが言うようにうちのデニング公爵家で雇われている従者は確かに魔法のエキスパートばかりだった。

「ええと、その。私は……」

狼狽《うろた》えるシャーロットをティナが期待に輝いた目つきで見つめている。

くりくりとした黒い瞳《ひとみ》は澄《す》んだ光を宿していて、華《はな》やかな貴族の内情が聞きたくて堪《たま》らない女の子といった表現がピッタリだ。

平民としてはあまりなじみのないデニング公爵家の従者というものに純粋《じゅんすい》に興味を持っているんだろう。

「それにデニング公爵家の従者教育ってすごいって聞いたことがあります。戦場では主を守って戦って、凶暴《きょうぼう》なモンスターも魔法で一撃《いちげき》！　中には剣を扱える人もいるとかで」

「そ、そうですね……デニングの従者教育は大変でした……二度と思い出したくもないぐらい強烈《きょうれつ》でした……」

「是非《ぜひ》そのときの話を聞かせて下さい！　……あれ？　でもシャーロットさんって杖を持ってないんですね」

「そ、それは……ここは学園ですから？　つ、杖とかいらないんです……だって安全ですから……。でも私、魔法はつ、使えますよ？　とっても得意です……ね、そうですよねスロウ様」

「え」

「私。魔法上手ですよね、スロウ様」

すごい圧を感じる。思わず一歩下がりそうになった。

「いやそれは」

「……やっぱりデニング公爵《こうしゃく》家に雇《やと》われるぐらいの従者さんはすごいんだー。それでシャーロットさんの一番得意なのはどの魔法なんですか⁉ やっぱりデニング公爵家らしく風の魔法でしょうか……あ、ていうかあの。さっきから気になっていたんですけどシャーロットさんも先輩《せんぱい》と同じでお貴族様なんでしょうか。それとも私と同じ平民なんですか？」

「へ、平民？ あの、ティナさん。どうして私が平民だって思ったんですか？」

「え？ デニング公爵家ぐらい高貴な家の従者の方なので、初めはシャーロットさんもお貴族様に違《ちが》いない！ って思ったんですけど……だって食堂で皿洗いのお手伝いしてるんですよね？ お貴族様だったらそんなことするわけないと思って」

シャーロットの頰《ほお》が赤く染まり、俺は一瞬《いっしゅん》息が詰《つ》まった。

俺だけは知っている。

シャーロットの本名はシャーロット・リリィ・ヒュージャック。大陸中央部に存在した今は無き大国のお姫様《ひめさま》だということを。

けれどデニング公爵家に拾われてからは自分の素性《すじょう》を隠《かく》し続けている。精霊から事情を

聞いた俺は知っているが、シャーロットはその事実を知らないだろう。

彼女が本当の自分について話してくれるその日を、俺はずっと待っていた。

「ちなみにどうしてティナさんは私が食堂でお手伝いをしていると思ったんでしょうか」

「え。だってあそこにあるあれ。厨房《ちゅうぼう》の制服ですよね。料理長の趣味《しゅみ》だって言われてるだっさいドラゴンの絵が描《えが》かれてるやつ」

ティナの指が示す先。木製のベンチの背には真っ赤なエプロンが掛《か》けられ、火を噴《ふ》いている特徴《とくちょう》的なでっかいドラゴンが俺を睨《にら》んでいた。

「うっ……あれは確かに私のですけど……」

ティナは悪意なんて微塵《みじん》も感じさせない、無垢《むく》な瞳でシャーロットを見つめている。

恐《おそ》らく単純に気になっているんだろう。ティナは、このクルッシュ魔法《まほう》学園での貴族との幻想《げんそう》的な生活を夢見ていたと言っていた。

だけど王族であるシャーロットにはまだ自分が平民であると言い出すのは難しいのかもしれない。そんな事情を知っている俺だからこそ助け船を出してあげなければ。

「シャーロット。そろそろお手伝いの時間じゃないかな」

「え、時間ですか……？　じゃ、じゃあ私はこれで！　スロウ様、ティナさんと仲良くしてくださいね！」

シャーロットは早朝に行っている俺のランニングの様子を見物してから食堂の厨房にお手伝いに行っている。だけど今日はこうしてお喋りに花を咲かせていたためか、いつもの時間をかなり過ぎている気がした。

シャーロットはベンチの背にかけられていたエプロンを掴《つか》むと脱兎《だっと》の如《ごと》く走り去り、その場に残された俺たちの耳にはチュンチュンと目覚めの遅《おそ》い鳥達の鳴き声が聞こえてきた。

「あのー先輩、私何かまずいこと言いました？　もしかしてあのエプロン、嫌《いや》なんですかね？　でも気持ちは分かります。あれ着るぐらいなら私、逆にお金払《はら》うから許してって言っちゃうかも……あ、そういえば先輩に聞きたいことがあるんですけど」

「ドラゴンエプロン不評だなあ、俺は嫌《きら》いじゃないんだけど……。それで、聞きたいことって何さ？」

「えっと、実は他にも困ってる人がいて、今度は一人じゃなくてその、何ていうか……」

授業の合間の休み時間を利用し、俺は座学を受けるための教室が詰め込まれた教育棟《とう》を抜《ぬ》け出し、夕方に向けて絶賛準備中の食堂を訪れていた。

窓の外から見える食堂の中は利用者が全くいないためがらんとしており、せっせと机を磨《みが》いているメイド達の姿が見てとれる。

そんな食堂の入り口には約束通りティナの姿が見え、俺の姿が見えるとティナはこっちですよ～と手を振《ふ》ってくれる。

さて、俺の手作り魔法薬は果たして彼女達のお眼鏡に叶《かな》うのか。

ちょっとだけドキドキしている俺がいた。

「うわっ、すごい！　これってお肌《はだ》がすべすべになる効果もあるんだ……ねえ先輩、私このお試《ため》し版でいいんで欲しいです！　ていうか下さい！　このお試し版でいいんで！」

一心不乱に食堂内の清掃《せいそう》に励《はげ》んでいた彼女達は今食堂の入り口に集まり、それぞれ透明《とうめい》な小瓶《こびん》を持って騒《さわ》いでいる。

ティナからのお願いごと。

それはメイド達の荒《あ》れた肌を治す、簡単な水の秘薬を作ってほしいとのことだった。

厨房では最近新たな洗剤《せんざい》を導入したらしい。だが何か問題があるのか皿洗いを担当しているメイド達の手荒《てあ》れがひどくなり、悩《なや》んでいるらしいとのことだった。

「えーと。一応、水の秘薬はどれだけ簡単なものでも許可を得ない者の作製はいけないことになっている、つまり禁制品だね。まぁ小遣《こづか》い稼《かせ》ぎが目的の秘薬作りはクルッシュ魔法学園で学ぶ学生の伝統とか言われてるけど、一応は秘密ってことでお願いするね。それとティナ、それはあげるよ」

「はい、心得ていますお貴族様！　ねっ皆！　水の秘薬をもらったことは秘密よ！」

「そうね！　それがいいわ！　これで元の洗剤に戻るまでは大丈夫《だいじょうぶ》ね！　でも、私たちあんなに反対したのに！　新しいモノ好きの料理長には困っちゃうわ！」

水の秘薬、それは癒《いや》しの力ともされる水の魔法が籠《こ》められた水の薬のことだ。

癒しの水魔法が籠められた薬、値段はとてもじゃないが平民には手が届かない。

だから、水の秘薬、作っちゃいました。

魔法学の授業中、魔法薬学の教科書を持ち込んで、じっくり読み込んだ。アルル先生の授業はいつも通り退屈《たいくつ》、おっといけない。退屈じゃなくて、基本に忠実と言っておこう。

それに俺はいつものように階段教室の最上段を占領《せんりよう》して座っているため、先生や他の生徒に気付かれることもなく、授業が終わってから昼休みを利用して何とか作り上げることに成功した。

「ありがとうございます、お貴族様！　私、デニング様のこと、噂《うわさ》でしか知らなかったけど、食堂に来るようになってから噂ってあてにならないんだなぁって思うようになりました！」

「でもびっくり！　だって簡単な水の秘薬だって作るのすっごく難しいんでしょ？　それってとっても優秀《ゆうしゅう》ってことだわ！」

彼女達の言う通り。水の秘薬作りは難しい。水の魔法の使い手であるアリシアをしても、今回俺が作った簡易な秘薬程度でも一日中頑張《がんば》って作れるかどうか、ぐらいのもんだろう。

それにしても彼女達の感激ぶりはすごいな。こうして食堂の入り口で囲まれすごいすごいと言われると、あんまり関《かか》わりがなかった彼女達メイドの印象も変わるなあ。

「ごめん、もうすぐ休憩《きゅうけい》時間が終わる！　俺、もう行くから！　魔法薬学の授業に遅刻《ちこく》するとネチネチ言われるんだよ！」

だけど一番驚《おどろ》きなのは俺の腕を取って抱《だ》き締《し》めるティナの存在に違いない。

「先輩～、ありがとうございます！」

「分かった、分かったから腕を放してよティナ！」

制服の上からでも分かる彼女の胸が俺の腕に当たって……俺はもう何て言うかもう！

その場を離れないとどうにかなってしまいそうだったのだ！

「授業！　今から俺。授業あるから！　行かなくちゃいけないから！」

俺が良心の狭間《はざま》で揺《ゆ》れていると、後ろから誰《だれ》かにとんとんと肩《かた》を叩《たた》かれる。

「えーと、ちょっと待ってください。今から授業に行くんで」

「行く必要はない――デニング、ちょっと俺に付き合ってもらうぞ」

振り返ると、相変わらずの黒シャツを着た、ロコモコ先生がそこにいた。

「……学園長が俺を呼んでるんですか？」

聞き間違いなんかじゃない、確かにロコモコ先生はそう言った。

光の大精霊《せいれい》に愛されたダリス王室を守るため組織された王室騎士団《ロイヤルナイツ》。誰もが憧《あこが》れる騎士国家の精鋭《せいえい》集団、その一員であった過去を持つ異色の経歴。

「来週の風凪《な》ぐ曜日。お前が昼から授業を入れていないことは確認《かくにん》済みだ。爺《じじい》の部屋は教員棟の最上階、迷うなよ」

アニメの中でもかなりのキーキャラクターかつ主人公の頼《たよ》れる味方。

自身も伯爵《はくしやく》家に連なる貴族であり、王室騎士団《ロイヤルナイツ》にも未だ太いパイプを持っているロコモコ先生。要領を得ない言葉に俺が戸惑《とまど》っているとロコモコ先生は手をぷらぷら振りながら、去っていった。

「さーて、以上だ。後は自由にしていい」

寝耳《ねみみ》に水、一体何で俺が学園長に呼び出されないといけないんだ。

考えろ、何か理由がある筈《はず》だ。

「まさか……」

頭の中で俺の知っている未来の知識が現れては消えていく。

一つの事実に辿《たど》り着いた時、俺の全身に鳥肌《とりはだ》が立った。

だって俺はアニメ『シューヤ・マリオネット』の中で何度も何度もシューヤが学園長の部屋に呼ばれる様子を見ていたのだ。

あいつが救世主として成長していくために必要だったのは殻《から》を破るための大きな壁《かべ》。

学園長の部屋で課せられた無理難題を乗り越《こ》えていく度に、あいつは人間として大きく成長していった。

つまり、先ほどの告知は――。

――主人公イベントッ、きたあああああああああああああああ。


午前の授業を淡々《たんたん》とこなしながら、昼休みの時間を穏《おだ》やかに過ごす。

俺は整備された遊歩道の脇《わき》にあるベンチに座り一息ついていた。

目の前をマントを羽織り杖《つえ》を持った貴族生徒や平民の武器ともいわれる練習用の木剣《ぼっけん》を持った平民生徒、箒《ほうき》を持ったメイドさんや手紙を持って慌《あわ》ただしく走る従者が通り過ぎる。

「授業に遅《おく》れますわよ！　走ってシューヤ！　……急に立ち止まってどうしたの、そっちは方向が違《ちが》いますすわ！　これから歴史の授業ですのよ！」

「悪いアリシア！　俺、実は今から寄るところがあるんだよ！」

爽《さわ》やかな風を感じながら、歴史ある石造りの校舎、重厚感ある趣《おもむき》を全身で感じる。古き建築様式の趣を残すこの学園は、森の中という立地を生かして多くの自然を取り込んでおり、煌びやかな王都ダリスとは異なる歴史の重みというものを俺に感じさせてくれる。行き交う人たちの姿や学園の様子を見るたびにここが異世界だということ、俺がファンタジーの世界にいることを認識する。

「え？　ちょっとシューヤ、どこ行くんですの？　サボりはダメっていつも言ってるじゃない！　もし落第にでもなったら平民に示しがつきませんわよ！」

「先生には言ってあるから大丈夫だって！　今日はサボりじゃなくて、正当な権利だ！　それに俺は魔法の成績がいいから落第なんかしないって！」

デニング公爵《こうしやく》家の人間は戦場で生き方を学ぶもの。だけど俺はクルッシュ魔法学園に送られ、自由に生きることを選択《せんたく》した。

「じゃあまた夕方に！　後で授業で何やったか教えてくれよ！」

「あ！　こらシューヤ、待ちなさい！　ちょっとどこ行くのよ教えなさいってば！」

全《すべ》ては昔交わした約束を守るため。

十年近くも前、俺はシャーロットを生涯《しょうがい》守ると、世界を壊《こわ》さんばかりに怒《いか》り狂《くる》っていた荒《あら》ぶる精霊に誓《ちか》ったんだ。

けれども俺がこんなにも律儀《りちぎ》にあいつとの約束を守っているというのに、あいつはシャーロットのペットとしてすっかり野性を失っていやがる。

全く、いいご身分だよ。

「あ……豚《ぶた》のスロウがいる……」

「悪いかよ。それにしてもアリシア、相変わらずあいつと仲がいいんだな」

「べ、別に豚のスロウとは関係のないことですわっ」

「そうだな。お前の言う通り、俺には何の関係もない。じゃあアリシア。俺も用事があるから」

さて、そろそろ約束の時間だ。

俺は立ち上がって歩き出す。背中に何か言いたげなアリシアの視線を感じながら、その場を後にした。

四章　忍《しの》び寄《よ》っていた闇《やみ》

「主人公イベントきたー……」

目の前にそびえる巨大《きょだい》な建物を見上げながら、小声で呟《つぶや》く。

教員棟《とう》と呼ばれているこの建物は先生一人一人に与《あた》えられる研究部屋を一つの棟に纏《まと》めたものだ。自室とは別に与えられる研究部屋で先生方は書物を読み漁《あさ》ったり、新しい魔法《まほう》の研究や自分の趣味《しゅみ》に没頭《ぼっとう》しているらしい。

そして、そんな先生方の学び舎《や》とも言える建物の最上階に学園長の部屋があるのだ。

重々しい扉《とびら》を出入りしている先生方を横目に見ながら、俺も棟内へと足を踏《ふ》み入れる。

「……おいデニング。何でお前がここにいるんだよ」

建物内に響《ひび》く理解出来ない爆発《ばくはつ》音に気を取られることなく、そして敢《あ》えてすぐ後ろから俺の後に付いてくるあいつを無視しながら一目散に階段を上っていく。

「あいたたたー。身体《からだ》がばっきばきだなー、でもこれって嬉《うれ》しい悲鳴ってやつだよなー」

足を上げるたびに激しい筋肉痛に襲《おそ》われながら、俺はダイエットの成果を実感する。

最近、ビリーズブートキャンプを真似た新しいダイエット法を取り入れた。身体を引き締めてダイエットを加速させるのが目的だ。俺の努力の甲斐《かい》あってか、既《すで》に制服はワンサイズ小さくなっている。

あとワンサイズ小さくなれば念願の、既製品《きせいひん》最大サイズで間に合うようになるだろう。

「ふぅ、長い階段だったな」

「おい豚、じゃなくてデニング……何でお前がここにいるんだよ！」

「あのさ。それマジでこっちの台詞《せりふ》なんだよなぁ……」

建物に入ってからもずっと俺の後ろから後をつけてくる変な奴《やつ》がいると思ったら、とうとう学園長の部屋しかない最上階まで付いてきやがった。

赤い髪がトレードマーク。

主人公止めて占い師《うらなし》になれと言われたお前こそ熱血アニメ版主人公。

これってまさか俺だけじゃなくシューヤも呼ばれていたってオチか？

「もしかしてデニング。俺だけじゃなくて、お前も学園長に呼ばれたのか……？」

「ぶひぶひ」

「ちょっ、押すなっておい！　お前も学園長に呼ばれたのか？　答えろよおい！」

「ぶひぶひ」

「だから押すなって！　お前気付いてないかもしれないけど重いんだよっ！」

俺たちは押し合いへし合い、競い合うようにして歩き出す。暗く光の閉ざされた廊下《ろうか》の
進む先は重々しい扉がある部屋の前に続いていた。

学園長と喋《しゃべ》るのはクルッシュ魔法学園入学の際に受けた面接以来だ。

「お前も呼ばれたんだな、そうなんだなデニング！　おい無視するなって！」

「いや、だってお前緊張《きんちょう》しすぎでキモいんだよ」

「そりゃあ緊張するだろ！　お前は緊張してないのかよデニングッ」

「別に緊張はしてないけど」

「あっ、そうか！　お前は友達少ないからあの噂《うわさ》知らないんだな！」

「噂？」

「学園長は成績が良かったり、将来有望な生徒を部屋に呼び出すんだよ。王室騎士《ロイヤルナイト》への推《すい》
薦《せん》状を書いてくれるって話だったり王宮での仕事を紹介《しょうかい》してくれたり。でも可笑《おか》しいよな。

俺なら分かるけどなんでお前が」

「何言ってんだよシューヤ、お前全然成績よくないじゃん。そんなお前が王室騎士《ロイヤルナイト》に推薦
される？　そんなこと万に一つもあり得ないから安心しとけ」

「はあ？　お前よりは成績ずっといいから！」

シューヤを放《ほ》っといて、俺は姿勢を正し扉の前で顔を上げた。

もう昔の俺じゃない。

暗くて、本心を押し殺していた黒い豚公爵《ぶたこうしゃく》は白い豚公爵に変貌《へんぼう》を遂《と》げたのだから。

コンコンとそんな自分を表すかのような控《ひか》えめなノック。今までは頭突《ずつ》きとかしてノックしてたからな。

「だからデニング。勝手にノックとかするなって。俺まだ心の準備が出来てないいんだよ」

「静かにしろって。学園長の声が聞こえないかもしれないだろ」

耳を澄《す》まし、一言半句も聞き漏《も》らさないように注意する。

「誰《だれ》かね？」

部屋の中から、小さめな声が聞こえた。厳しくもあるが優《やさ》しい声だった。

「ニュ、ニュケルンです！　シューヤ・ニュケルンです！」

でかっ！　声でか！　耳がキーンてしたわ！

「おぉ……シューヤ君か。それで、そこにいるのは君、一人だけかな」

「学園長、俺もいます。デニングです」

「どこのデニングかね？」

「世にも珍《めずら》しい小太りデニングです」

中から何故《なぜ》か咳払《せきばら》いが聞こえる。

デニング公爵家の人間は皆鍛《みなきた》え抜《ぬ》かれた身体を持つスマート人間ばかりだから、俺みたいな小太りさんは本当に貴重なのだ。

「……お入りなさい。儂は君たちを待っておった」

迷いなく扉を開く。

学園長の部屋から溢《あふ》れる光が暗い廊下を一気に照らした。


視界を埋《う》め尽《つ》くすは彩《いろど》り豊かな植物の姿。

広い一室を埋め尽くさんばかりの多彩《たさい》な緑と差し込む光、その幻想《げんそう》的な光景に俺は一瞬《いっしゅん》圧倒《あっとう》された。そう言えばビジョンなんかは学園長の部屋は植物園でしたとか言ってたな。

「やあ、二人とも。何やら騒《さわ》ぎ声が聞こえておったが随分《ずいぶん》と仲がいいのじゃな」

緑の中からひょいと学園長が姿を現す。

灰色のローブに身を包み、もじゃもじゃで顔の下半分を覆《おお》い隠《かく》しそうな白髭《しらひげ》と長い白髪《しらが》。

「も、モロゾフ学園長！　お呼び頂いて光栄というか！　あ、あの！　ほ、本日はお日柄《ひがら》もよく――ていうかあの！　俺がデニングと仲が良いとかありえませんから！」

「だからそれはこっちの台詞だよ」

熱血バカのお調子者、だけどどこか憎《にく》めない。

そんなこいつこそが大人気アニメ『シューヤ・マリオネット』の熱血主人公、シューヤ・ニュケルンだ。

アニメの中でのこいつと俺の関係性はまさに光と影《かげ》。

真っ黒豚公爵だった頃《ころ》の俺は所構わず喧嘩《けんか》をふっかけたり、授業の進行を妨害《ぼうがい》したり、魔法を使った悪戯《いたずら》を繰《く》り返し遊んでいた。

そんな俺に対して、正義感丸出しで迫《せま》ってきたのがこいつだった。学園内で出くわせば下らない言い争いをしていた俺たちだが、俺が変わると決めたあの日から、俺たちの諍《いさか》いや関《かか》わりは目に見えて減っていた。

今日、こうして学園長に二人で呼ばれるまでは、の話だが。

「あの学園長。俺に用って本当ですか？　間違《まちが》いではないですか？」

「あ、そうです！　どうしてデニングがここにいるんですか！」

さてと、主人公イベントに入る前に俺はどうしても確認《かくにん》しておきたいことがあったのだ。

もしも「ん？　用なんか無かったぞい？　ロコモコめ、デニングではなくデオイングを呼んでくれと言ったのにあやつは……」なんて言われたら泣いちゃうからな。

俺の心はナイーブなのだ。

「間違いではない、儂《わし》は君らに用があった……ふむ、なにから話せばいいのか。まずはスロウ君。噂は本当のようじゃな……近くで見れば少し前の君とは似ても似つかぬ。暗く、顔の下に何かを隠していた君が、明るく前を向いて真っ直ぐに儂を見ておる。多少太ってはおるが、ダイエットをしておるとの噂は本当らしいのう」

そう言って学園長はモノクルをくいっと上げた。

「それにシューヤ君。その胸ポケットが膨《ふく》らんでいるのは、あれかの？　君はいつも水《すい》晶《しょう》を持ち歩いているとの話を聞いたがそれかの？　何でも君は水晶を使って占いを行うのだとか」

「は、はい！　俺には聞こえるんです！　水晶から声が！」

「ほう面白《おもしろ》い。ならば今日この場に呼ばれた理由について占うことは可能かのう」

「任せてください！」

するとシューヤは水晶を取り出し、むむむと瞼《まぶた》を閉じた。

シューヤの顔から表情が消え、纏う雰囲気《ふんいき》が一変する。

「えっと……学園に不可思議な異物あり、注意されたし……え？　どういうことだ？」

「……これは非常に興味深い占いじゃ。なるほど、やはり君を呼んだのは正解じゃったようじゃ。学園には君の占いのファンがおるという話もあながち間違いではないのやもしれぬの」

「あの！　何か変なこと言っちゃいましたけど、毎回当たるって訳でもなくて！　たまにこの水晶変なこと言うんです！　気にしないでください！」

「いやいや、中々に的を射た占いじゃったよ。それにシューヤ君、君は占いを水晶の声を聞くと表現するのか、らしいのお」

学園長がふむふむと頷《うなず》いている。

シューヤは水晶を仕舞《しま》ってどこか得意げな様子で俺を見た。

うぜえ、何でドヤ顔なんだよ。お前はただ水晶の中にいる超常《ちょうじょう》の存在の声を聞いて喋ってるだけだろ。

いいかシューヤ。俺はお前以上にお前らのことを知ってるんだからな？

「君たち二人はまさに学園が掲《かか》げる多様性の象徴《しょうちょう》のような生徒じゃのう。二人とも他では中々見ぬ強烈《きょうれつ》な性格、いや個性を持っておる。結構、結構なことじゃ。皆《みな》が皆、似たような姿、形ではつまらぬからのう。多様性、万歳《ばんざい》じゃ」

学園が掲げる多様性。

これのお陰《かげ》で俺みたいな問題児が入学出来たと俺は思っている。

俺がデニング公爵家からクルッシュ魔法《まほう》学園送りとなった時、一通りの試験を受けた最後に先生方との面接があった。当時から問題児であった俺に強く興味を持ってくれたのはこのモロゾフ学園長だ。悪評付き纏《まと》う俺を入学させるのは学園のイメージを損《そこ》なうなど様々な意見が出たようだが、最終的なゴーサインを出したのは学園長だと俺は聞いていた。

「水晶を使った的中率の高い占い、ふむ。シューヤ君も大きな個性を持っておるが、スロウ君のそれには負けるじゃろうな」

「モロゾフ学園長！　さすがにぶた、あ。いえ、デニングと一緒《いっしょ》にしないでください！　それにこいつのは個性って言うよりただ食っちゃ寝《ね》してるだけっていうか何というか！」

シューヤが慌《あわ》てて言うが、俺も常時水晶を持っていきなり予言とかしだすお前と同じ扱《あつか》いされたくないってーの。

確かにこのクルッシュ魔法学園で一番ヤバい奴は今まで俺だったかもしれないけど、こいつだって中々に奇天烈《きてれつ》な奴なのだ。

「ほうほう、スロウ君。否定しないのじゃな君は」

「……まぁ事実ですから。俺がデニング公爵家の爪弾《つまはじ》き者だと思われてるのはこの国、ダリスの人間なら子供でも知っている常識です。否定なんか出来ませんよ」

学園長の眼鏡に光が灯《とも》る。

「君の性格は驚《おどろ》くべきことにこのクルッシュ魔法学園に入学してからも損なわれなかった。まっこと、驚くべきことじゃ。デニング公爵も、この学園で同世代の子らと交流を図《はか》ることで更生《こうせい》するよう願っておったが、叶《かな》わなかった」

学園長が好意で入学させてくれたにもかかわらず、学園に入学してからも俺は暴れまくったからな。入学式ではリアル豚《ぶた》を放ち式典を滅茶苦茶《めちゃくちゃ》にしたし、授業中は嫌味《いやみ》ばっかり言って顰蹙《ひんしゅく》を買っている。

「スロウ君。君はあのデニング公爵家の一員にして、嘗《かつ》ては風の神童と呼ばれ将来を嘱望《しょくぼう》された過去を持つ。だが君はある日突然《とつぜん》様変わりし、その噂は他国に轟《とどろ》くほど。そして一人の従者と共にデニングの者としてはあるまじき学園送り。昔は誰もが驚いたものじゃ。あの風の神童、スロウ・デニングが心を壊《こわ》したとはどういうことか、と。一説には頭を狂《くる》わすカマドウの実を食べたとか途方《とほう》もない重圧に心を病んだとか。さまざまな俗説《ぞくせつ》が流れた」

「風の神童？　モロゾフ学園長、それって何の話ですか？」

「これは驚いた、シューヤ君、君は知らぬのか。そうか……もうそれほど時が経《た》ったのか。まぁ、無理も無いかもしれぬのう。君の父親であるニュケルン男爵が治めるニュケルン領はダリスの情報も入らぬ険しき地帯。それにスロウ君の話題はデニング公爵家のウィークポイント、貴族の社会では誰も口にしないようにした時期もあったほどじゃ」

「デニング……お前ここに入学する前からそんなに問題児だったのかよ……。学園に入学して親の目がなくなったからふざけてるのかと思ってたぞ……」

「まぁな、俺の自堕落《じだらく》っぷりはそんな一年や二年のものじゃないんだよ。すごいだろ」

「いやすごくはないけど……」

「ふむ、そういえば最近儂は学園を空けることが多くて学園の事情に疎《うと》くてのう。君たちのような生徒から見た最近の学園の様子を儂に聞かせてくれんか？　なあに、ちょっとした噂話《うわさばなし》でも構わぬよ」

「えっと、じゃあ……」

巨大《きょだい》なガラス窓から入る光がポカポカと俺の身体《からだ》を暖めていく。

今は学園のちょっとした噂なんかをシューヤが話している。最近食堂の味がちょっと変わったとか、メイドに手を出そうとして恥《はじ》をかいた貴族の生徒がいるとか、男子寮《りょう》の一階に移った貧乏《びんぼう》っちゃまの話とか。

ふわー、学園長の話は長いもんだ。このままだと眠《ねむ》くなっちゃうぞ。俺の持つ百八の特技の一つ……起きてるように見せかけてばっちり寝てるを披露《ひろう》しちゃおうかな。

……おっとだめだだめだ。それじゃあ前の真っ黒豚公爵《ぶたこうしゃく》と何も変わらないじゃないか。

「なるほど、大勢の若者が毎日を楽しんでおるようじゃ。学園を預かる長《おさ》として冥利《みょうり》に尽きるというやつじゃのう……」

俺は気を引き締《し》めて背筋を伸《の》ばす。

シューヤの話をニコニコしながら聞いていた学園長は時折何かを考え込むかのように顔を伏《ふ》せる。そして何かを決意したかのように顔を上げた。

「この学園は才能があると認めるものであれば様々な者を歓迎《かんげい》する。たとえ平民であっても、そして問題があると判断される者であっても。未来においてどのような才能を開花させるかは誰《だれ》にも分からぬからのう。だが……良からぬ者まで招き入れてしまったようじゃ」

かすれた呟《つぶや》きのような声と同時に空気が硬直《こうちょく》し、場の雰囲気が変質する。

それはある種の怖《こわ》さすら含《ふく》んだ緊張《きんちょう》感ある空気。

俺は先程の言葉で学園長がこれから言いたいことについて、大凡《おおよそ》の推測を付けた。

「……学園長」

「ほう。何かね、スロウ君」

「どうして俺たちに？　俺とシューヤはただの生徒。しかも俺に至っては自分で言うのもあれですが、問題ありの生徒です」

「は？　デニング、急に何言ってんだよお前」

「シューヤ……お前水晶ばっかに頼《たよ》ってるから、頭がバカになってるんじゃないのか？」

「ば、バカって！　お前に言われたくないっての！」

シューヤは放っておいて先に進めよう。

つまり学園長はこう言いたいのだ。得体の知れない何かが、学園に入り込んだ。

「嘗て王宮に潜んでいた帝国《ていこく》の諜報《ちょうほう》員を見事捕《つか》まえた子供のことを覚えておるよ。あの時は見事な手際《てぎわ》じゃった。やはり風の神童だと誰もが君を讃《たた》えたものじゃ」

記憶《きおく》の底を掬《すく》うようにして、俺は頭の中で過去を思い返す。

確かに学園長の言う通り、昔、俺はこの国のために生きていた。昔の俺はこの力を使い、国を豊かにしようと考えていた。

誰もが俺を風の神童だと讃えるが、結局のところ俺はまだまだガキだった。

いつまでも専属の従者となったシャーロットと一緒にいられると思っていたのだから。

「学園長……スパイが、この学園にいるのですね」

「スパイって……え、ちょっと待って下さい！」

「シューヤ君。このクルッシュ魔法学園はダリスの未来を担《にな》うべき貴族の若者が大勢集まっておる。危険な企《たくら》みを持つ者にとってはこれ以上魅力《みりょく》的な場所はないのじゃよ。勿論《もちろん》、今までもそのような危機に瀕《ひん》した際は学園の生徒たちには何も知らせておらぬが」

だから学園長は万が一、クルッシュ魔法学園が戦禍《せんか》に巻き込まれた際に抵抗《ていこう》出来るだけの戦力を求めて、ロコモコ先生を王室騎士団《ロイヤルナイツ》から引き抜《ぬ》いた。

来るべき未来にドストル帝国との間で起こる全面戦争を学園長は見抜いていたのだ。

そして学園長の予感は的中した。

ドストル帝国の者や奴等《やつら》に雇《やと》われた傭兵《ようへい》がこの学園を襲《おそ》ったのだから。

「じゃあモロゾフ学園長！　さっきの言葉の意味って！」

「シューヤ君の思っている通りじゃ。気づいたのは少し前じゃが、儂《わし》の部屋やこの学園に関する機密を仕舞った部屋に侵入《しんにゅう》しようと試みた形跡《けいせき》を発見した。貴重品か機密情報か、正確な目的は分からぬが素性《すじょう》不明のネズミが学園に紛《まぎ》れ込んでおる」

「そんな、嘘《うそ》でしょう……俺、この学園ほど安心な場所はないって思ってました。門兵がいるし、それに俺たち貴族は皆、魔法使いだ」

「その通り、この学園の守りは非常に堅牢《けんろう》じゃ。安心安全を第一の売りにしており、他国から入学を希望するものも跡を絶たぬぐらいじゃからな。ダリス王室からも手出しが出来ぬ性質ゆえに過去には敵対していた国からも学生を受け入れたことがある」

学園長の瞳《ひとみ》の奥が怪《あや》しく光る。

「だが今回はいつもと事情が全く異なっての。ネズミは尻尾《しっぽ》も出さぬ徹底振《てっていぶ》りで、その正体が全く摑《つか》めぬのじゃよ……。機密に関する場所など余程《よほど》この学園の事情に通じていなければ見当をつけることすら出来ぬ。だが、一体誰がネズミなのか……儂らに気付かせぬとは恐《おそ》ろしい腕《うで》を持っておるようじゃ」

不吉《ふきつ》な言葉の羅列《られつ》にシューヤが固まる。

だけど、やっぱり気に掛《か》かるな。

学園長は俺たちにそんな情報を与《あた》えてどうしようと言うのだろう。

「平和な学園をかき乱そうとする者がおる。許しがたいことじゃ」

それにどうして俺を？　俺は学園が誇《ほこ》る喧嘩《けんか》上等の問題児だぜ？

確かに嘗ての俺は風の神童と呼ばれていたけれど、そんなの十年近く前の話だ。

俺はモロゾフ学園長を見つめる。その眼鏡の奥に秘められた真意を探《さぐ》るために。

「シューヤ君、君の占《うらな》いの噂は以前から儂の耳に入っておったよ。それに先程君はこの学園に異物ありと言ってみせた。まさに未来を見通すが如《ごと》き、あっぱれじゃ。儂はそんな君の力を少しだけ貸して欲しいと思っておる」

シューヤが照れ、いやあそれほどでもと頭の後ろをかき出した。

天才的な占いと異常な察しの良さ、殆《ほとん》どの場合は熱血主人公らしくおバカなんだけど、こいつはあの水晶《すいしょう》の中に潜《ひそ》む超常の存在から認められた人間だ。

それに『シューヤ・マリオネット』の主人公でもある。

形容しがたいが思わず頼りたくなるような魅力というものが、こいつと犬猿《けんえん》の仲である俺にさえ伝わってくるのだ。さらに『シューヤ・マリオネット』でのこいつの活躍《かつやく》を知っている俺には、シューヤがこの場に呼ばれたことについて疑問の余地は一切ない。


「そしてスロウ君。君じゃ」

「はい……俺がここに呼ばれた意味を教えてほしいです、学園長」

「ロコモコからの推薦《すいせん》じゃよ」

予想しえない名前に固まった。

「スロウ君。最近、学園の先生方から君の様子が可笑しいことは聞いておった。突然のダイエット、また何かの悪戯《いたずら》の準備でもしているのかと疑う者も多かった。何、驚くでない。デニングの若者、嘗ては風の神童とまで呼ばれた君のことじゃ。皆《みな》が君に注目しておる」

「え？　こいつが？」

「そうじゃシューヤ君。デニングの名は君が想像するよりも遥《はる》かに重い」

全く、問題児ってのは困ったもんだぜ。

少しでも普段《ふだん》と違《ちが》う行動をとると一体何があったのかと話題になる。真っ黒から真っ白に進化を果たした俺は先生方の間でもどうやら噂になっていたようだ。

「さて、ロコモコの授業での出来事が決定的じゃった。スロウ・デニングが暴走しかけた生徒を瞬時《しゅんじ》に魔法《まほう》で気絶させたと、あやつは驚いておったよ。しかし、スロウ君、学園の生徒ならいざ知らず、まさかロコモコまでも欺《あざむ》けると思ったかな」

魔法演習でビジョンを助けた時か。

あいつの魔法は確かに暴発する筈《はず》だったけれど、瞬間に俺があいつの意識を闇《やみ》の魔法を用いて強制的に刈《か》り取った。誰もがあの時、ビジョンに目を向けていた。故《ゆえ》に誰も俺の行動に気付かないと思ったが、さすがにロコモコ先生ぐらいの実力者なら俺が何をしたか正確に把握《はあく》していても可笑《おか》しくないか。

「君は確かに問題児じゃった。学園では誰彼《だれかれ》構わず衝突《しょうとつ》したり、授業をメチャクチャにしたりと好き放題。デニング公爵家に送り返すべきだとの意見が先生方から出たこともあった。だが、君は魔法においては天賦《てんぷ》の才を持っている。それに君はデニングじゃ。ダリスを守る護国の一族。優れた魔法使いを輩出《はいしゅつ》し、十代前半にもなれば戦場に送られるデニング公爵家の直系じゃ」

「……」

「故に君は動じない。学園に良からぬ考えをもった者が入り込んでいたとしても心を乱さない。生徒の魔法が暴走しかけた時、君は冷静に対処したと聞いておるよ。まさしく、この国ダリスの国防を担うデニング公爵家の行いじゃ」

「……そうかもしれませんね」

学園長が言うようにデニング公爵家はダリスの国防を担うべき大貴族。誰かが魔法の暴走を起こしたぐらいで冷静さを失うような、そんな未熟者の思考プロセスなど子供の頃《ころ》の思い出と共に捨ててきた。

でも、俺はダリスという国よりも一人の女の子を選んだ人間だ。

デニング公爵家の者としてこの国ダリスのために生きねばならない立場の人間でありながら、たった一人の女の子と共に生きたいと思ってしまった愚《おろ》か者だ。

「暴走はロコモコ以外誰も気づかぬ内に未然に防がれ、君は顔色一つ変えずその場を去ったとか。重大な事故に繋《つな》がったかもしれぬのに、君は自身の成したことを誇りもせず、口にも出さない」

「こいつが？　冗談《じょうだん》でしょう？」

「さて、そんなスロウ君。今の君なら儂が何のためにこの場に君たちを呼び出したのか、分かるのではないかな」

「モロゾフ学園長。つまり俺たちに侵入者について調べろと言いたいのですね」

「はぁ、何言ってんだよ。それは飛躍《ひやく》しすぎだろ」

「ちょっと黙《だま》ってろってシューヤ。大事なことだから」

「ていうか、何でお前に呼び捨てにされないといけないんだよ！」

「……いいか、シューヤ。学園長やロコモコ先生の立場から見つからないのなら視点を変える必要がある。どれほど警戒《けいかい》したネズミでもまさか生徒が、それも俺達みたいな問題のある生徒がネズミの正体を探っているとは思わないだろ」

「えっ……そういう話なのか？　……っておい！　俺をお前と同じ問題児扱《あつか》いするなよ！　問題あるのはデニング、お前だけだろ！」

　学園長は静かに頷《うなず》き、その頷きが、シューヤの占いの力と、俺のデニングとしての能力でネズミについての情報を見つけ出せ、と言っているのは明らかだった。

「一見平和な学園の裏にかつてない危機が迫《せま》っておると儂は考えておる。そこで君たちのような生徒の視点から、もし怪しげな者やちょっとした変化を感じたならどのような些細《ささい》なことでも報告してほしいのじゃ。このような気付きに必要なのはシューヤ君のような不思議な力と――」

　もはやさっきまで感じていた眠気《ねむけ》など吹《ふ》き飛んでいる。

「――スロウ君。君は変わったと一部の者達が言っておるが、それでも儂がこうして頼《たの》み事をするのは反対だと言う者も大勢おるじゃろう。だが、儂の教育者としての経験が言っておる――シューヤ・ニュケルン、そしてスロウ・デニング、君たちが適任じゃと」

光が差し込み、俺は眩《まぶ》しさに、一瞬顔を顰《しか》めた。

「生徒側の立場から学園に潜む者を探って欲しい、やり方は一任するよ」

「分っかりました！　絶対見つけてみせます！　任せて下さい！」

重苦しい空気を吹き飛ばすシューヤの声、鼻息を荒《あら》くして興奮している。

その姿はまさにアニメ版主人公、猪突猛進《ちょとつもうしん》なところは変わりない。

そして、俺には理由がある。

この学園には守らなければならない君がいるから、たとえ学園長やロコモコ先生ですら見つけられない相手でも挑《いど》まなくてはいけない。

「既《すで》に賊《ぞく》を捕《と》らえるための戦力をダリス王室に要請《ようせい》しておる。王室騎士《ロイヤルナイト》数名の派遣《はけん》が秘密《ひみつ》裏《り》に受諾《じゅだく》された。今頃《いまごろ》はこちらに向かって馬を飛ばしているじゃろう」

「王室騎士《ロイヤルナイト》がッ!?　すげえ！」

「わざわざ王室騎士《ロイヤルナイト》が来るんですか？　あの方々はダリス王室が関《かか》わる案件以外には動かない筈では」

「王室騎士団《ロイヤルナイツ》を束ねるマルディーニ枢機卿《すうききよう》とわしは旧知の仲じゃ。要請は快く受理された。……恐らく点数を稼《かせ》ぎたいのじゃろうな、最近は北方のドストル帝国を脅威《きようい》とする動きから王室騎士《ロイヤルナイト》の一部を前線に送るべしとの声が国内から噴出《ふんしゆつ》しておる。マルディーニ枢機卿は軍を預かるデニング公爵家の力がこれ以上増すことを恐れているのじゃよ」

マルディーニ枢機卿はダリスの内政を司《つかさど》る重鎮《じゆうちん》中の重鎮だ。女王以外でいえば、この国で最も偉《えら》い人物の一人と言ってもいい。俺の父上でありダリスの軍事を束ねる現デニング公爵と同格の存在だ。

「王室騎士《ロイヤルナイト》が到着《とうちやく》するまでにせめて目星をつけておきたいと考えておるのじゃが」

「任せて下さい！　学園長！」

「……いつですか、王室騎士《ロイヤルナイト》が到着するのは」

「数日後、より詳細《しようさい》な時刻は後日とのことじゃ」

早いな、通常はクルッシュ魔法学園と王都ダリスは馬で一週間近くは掛かるもんだけど。それだけ学園長は学園に忍《しの》び込んだ何者かを脅威だと思っているということか。

「分かりましたあ、絶対に見つけてみせます！　俺に任せて下さい学園長！」

「この学園に忍び込んだことを後悔《こうかい》させてみせます、学園長」

学園長の問いに対して、やはり考えるまでもないのだ。

平和の裏側に迫る闇を排除《はいじょ》する。

だって、それこそがまさに。

――アニメの中でこの俺、真っ黒豚公爵《ぶたこうしゃく》が行う未来そのものなのだから。

「火・水・風・土・光・闇を司る大精霊《せいれい》は大昔から私たちに力を貸し、国々の発展に大きく関わってきました。この国ダリス建国に大きく関わったダリス王室と光の大精霊の間には特別な関係があるとされ――」

そして今は授業中。

教育棟《とう》の二階奥の階段教室では退屈《たいくつ》で眠《ねむ》くてたまらないと評判のアルル先生の魔法学の授業が行われていた。今日もまた例に漏《も》れず欠伸《あくび》を漏らしている生徒が多数。

最上段の中央に堂々と座る俺からは前列に座る生徒、一人一人の様子がよく分かるのだ。

さて、俺はというと眠くない。

「私達が住まうこの国ダリス、建国の祖とされる王室の方々は賢者《けんじゃ》とも評される光の大精霊と意思を交わすことが出来ると言われており、そんな彼らダリス王室を守る盾《たて》が王室騎《ロイヤルナ》士《イト》とも呼ばれる方々、彼ら王室騎士《ロイヤルナイト》は白いマントを着用することをこの国で唯一《ゆいいつ》許された

者達です。この学園の卒業生にもおりますし、時にはモロゾフ学園長が学園の成績優秀《ゆうしゅう》者を王室騎士《ロイヤルナイト》に推薦する場合もあります」

というかこんな状況《じょうきょう》で寝《ね》られるかって話だよ。

学園長から聞かされた驚《おどろ》くべき事実、今この学園内に素性《すじょう》の分からない奴《やつ》が交じってますなんて話を聞かされたら呑気《のんき》に欠伸なんか出来ないって。

けれど、俺の目の前に広がるのはいつもと変わらない授業風景、シューヤの隣《となり》に座ってるアリシアも眠気をいつも通り我慢《がまん》している顔つきだった。

「さて他国の歴史や現在に目を向けますと、例えばミス・サーキスタ」

「ひゃ、ひゃい！」

寝ぼけたあいつは自分が呼ばれたと勘違《かんちが》いして立ち上がり、恥《はじ》をかいていた。

「…………ミス・サーキスタの祖国、大陸中央東部にある同盟国サーキスタにおいては水の大精霊が水都の湖に住まい、国民に守護を約束し、栄華《えいが》を極《きわ》めております。また大陸北方一帯を統治し、最大の領土を誇《ほこ》る大国ドストル帝国《ていこく》では闇の大精霊が――――」

そんなクルッシュ魔法学園に忍び込んだ侵入者《しんにゅうしゃ》。

貴賓《きひん》室にあるような貴重品を目的とした物盗《と》りか生徒の情報を盗《ぬす》みに来たか、アニメの中では生徒の誘拐《ゆうかい》なんかが起きたり、戦争が起きてからはこの学園の生徒を人質に取るために部隊が送り込まれたりもしたけれど、今は時期的にアニメ放送開始時点よりも前で戦争が起きる気配もない。

「皆さんはダリスの未来を担《にな》うべき若者であり他国、特に南方四大同盟加盟国について学ぶのは非常に意味のあることです。さて、ここまでで何か質問はありますか？」

けれど、一つだけ確かなことがある。

魔法使いであるダリス貴族が大勢を占《し》めるこの学園への侵入者は──どのような事態にも対応出来る力を持った凄腕《すごうで》の魔法使いだ。

「アルル先生。ドストル帝国に滅《ほろ》ぼされた大国ヒュージャックの話が知りたいです。この国ダリスの隣国《りんごく》でもあったあの国に住み着いていた風の大精霊はどこへ消えたのでしょうか？　あれだけ大勢の人が捜していたのに今では噂話《うわさばなし》すら聞かないようになりました」

「いてっ」

完全に眠りに入っていたシューヤがアリシアに腕をつねられる決定的瞬間を俺は目撃《もくげき》した。相変わらずあいつはシューヤに対しては容赦《ようしゃ》が無いな。

「よい質問ですね、ミスタ・グレイトロード。ですが答えは誰《だれ》にも分からない、です。ダリスとサーキスタの間に位置していた大国ヒュージャックを守護せし風の大精霊、アルトアンジュ様は消息不明です。今では大戦で傷ついた身体《からだ》を癒《いや》すためにどこかで身を休めているとの見方が一般的《いっぱん》になりましたが――」

アルル先生の声を左の耳から右の耳に受け流しつつ、俺は自分の持つアニメ知識が学園に忍び込んだネズミを特定するために役に立たないか思いを馳《は》せる。

クルッシュ魔法《まほう》学園はアニメの舞台《ぶたい》の中心だ。

大勢の登場人物がこの学園を訪れシューヤ達と交流した。今は時期的にアニメ放送前ではあるが、何かヒントになるようなことを誰かが言っていなかっただろうか。

「――ですが、南方進出を目指しているドストル帝国の脅威に対抗《たいこう》するため、ダリスは南方三大国と同盟関係を結びました。その内の一国、サーキスタは皆《みな》さんもご存じの通り、そこにいるミス・サーキスタ、アリシア様は――」

「へっ、そこのアリシアが本当に王女だなんて信じられないな。サーキスタの女の子は皆、お洒落《しゃれ》で立ち居振る舞《ま》いも洗練されている、だからあの可愛《かわい》いサーキスタのお姫様《ひめさま》と同じ授業を受けられると聞いてワクワクしてたんだ！　それがどうだ！　毎日シューヤを従者のように扱ってやりたい放題のアリシア殿下《でんか》！」

「そうだそうだ、これじゃあ暴君ランキングも一位だっての……うわ！　教科書を投げたぞ！　だから外見だけなんて言われるんだよサーキスタのお姫様！」

「黙りなさい！　貴方《あなた》達みたいな領地も持たないダリスの木っ端《こっぱ》貴族に舐《な》められる筋合い

はないですわよ！」

っち、いきなり教室が騒然《そうぜん》とし始めた。

ダリス貴族の誰かがアリシアに対して文句を言って、アリシアが応戦する。そしてシューヤがアリシアを宥《なだ》めようと必死になって、平民の生徒達はガクガクブルブル。

大人しいアルル先生の授業だからこそ成立しうる、いつもの有り触《ふ》れた光景だ。

これが本当の普段《ふだん》通りなら、真っ黒豚公爵である俺が魔法をぶっ放して事態は取っ組み合いのカオスに向かうのだけど、今はそんなことしてる余裕《よゆう》が無いんだよね。

「やめないか君たち！　君たちがそんなんだからダリスの貴族は粗暴《そぼう》だとか男尊女卑《じょひ》だとか言われるんだ！　恥を知りたまえ！」

「おいビジョン。お前、一階に移ってから見ないと思ってたら、授業には出てるんだな。魔法の勉強なんかするよりアルバイトしてた方がいいんじゃないか？　学費を払《はら》うのに精一杯《せいいっぱい》なんだろお前っ」

「き、君。それ以上の暴言《ぼうげん》は許さないぞ、今すぐその減らず口を閉じなければ――」

「シューヤ！　こらシューーヤ！　この私がバカにされてるんだからいつもみたいに戦いなさいよ……って貴方まだ寝てるんですの!?」

「むにゃ？　ん……？　何だぁ！」

「休戦だ！　アルル先生！　シューヤが寝てます！　授業中の居眠《いねむ》りは学期末試験の減点対象になるかと！」

「……そうですね。一応、規則ですから……。えーミスタ・ニュケルン。授業中の居眠りは減点です」

「へ？　……えっ、う、うわ。ね、寝てません！　ほんとです！　誤解です誤解！　それに俺は大事なことをしてたから寝不足だったっていうか、俺以外にも寝てる奴は沢山《たくさん》いたじゃないですか！　周りを確認《かくにん》して俺は眠ったたっていうか！」

あーもう、限界。うるさすぎるだろこいつら。

俺はぐるりと教室を見渡《みわた》した。

不当だ不当だと騒《さわ》ぐ生徒達、これは収拾《しゅうしゅう》が付かなそうだ。アルル先生も困り顔だし、さて。ここは俺が助《たす》け舟《ぶね》を出してやるか。

ちなみにシューヤ、犠牲《ぎせい》になるのはお前だ。

「──シューヤ。お前、何も理解してないんだな」

俺が教科書を机に叩《たた》き付けると、絶対零度《れいど》が教室を支配する。

あれだけの言葉で皆が下を向く。誰もが俺と関《かか》わり合いになることを恐《おそ》れて、下を向く。

「──デニング。何が言いたいんだよお前」

俺とシューヤがにらみ合い、ただならぬ空気が教室を支配する。

「余計なことを言う前にその口を閉じろって言ってんの。俺が言いたいことが分からないなら、お前は相当なバカだ」

「はあ？　…………あ……そうだな……」

学園長が俺たちにしか言わなかった理由、あいつはやっとその意味が分かったみたいだ。

それにしてもさっきの口ぶり。あんなに眠そうなのはまさか夜通し学園の怪《あや》しそうな場所を探索《たんさく》してたとかじゃないだろうな。思いついたら一直線のシューヤのことだ、その可能性は十分に高い。

「……ん？」

鋭《するど》い視線。二つ前の列から、斜《なな》め後ろに座る俺を睨《にら》みつけている奴がいた。

シューヤの隣に座っている女の子。折れそうに華奢《きゃしゃ》な飴菓子《あめがし》のよう。

睫毛《まつげ》の長い大きな瞳《ひとみ》がじっとこちらを見つめている。俺が気づくと慌《あわ》ててぷいっと視線を逸《そ》らす。幼い子供のような動きをしたのは先程《さきほど》騒いでいた同盟国サーキスタの第二王女、亜麻色《あまいろ》の髪《かみ》を可愛らしくツインテールに纏《まと》めたアリシアだった。

「……」

何だよ文句あんのかよ。

お前の友達を罵《ののし》ったから怒《おこ》ってんのか？　だったらあいつが悪い。あいつが余計なことを言い出しそうだったから止めたまでの話である。

だけどそんな俺たちの事情を知らないアリシアは再びこちらをちらりと見つめる。

そして、そんなアリシアの機嫌《きげん》が悪そうな顔を見続けていると、俺はふとそういえばアニメの中でアリシアと縁《えん》があった奴で、こんな状況にぴったりのキャラクターが一人いたことを思い出す。

「それでは授業の続きをしたいと思います。皆さん、教科書の次の章を開いてください。ミス・サーキスタ。手が止まってますよ」

闇《やみ》の世界に生きた傭兵《ようへい》、ノーフェイス。

秘伝のマジックアイテムを用いて姿を自由に変えられる凄腕の魔法使いで、メインヒロインであるアリシアの美しさに執着《しゅうちゃく》していた敵キャラだ。

後にドストル帝国の者達と共にこのクルッシュ魔法学園を襲撃《しゅうげき》する闇の魔法使い。そういえばあいつ、学園襲撃事件の際にシューヤ達に向かって言ってたよな。

——事前にこの学園に忍《しの》び込んで、機密情報を盗み出していたって。

「第二章、精霊と魔法の関係とは。もう耳にタコが出来るぐらい聞いた、そのような顔をしている方々が多いですが、そのような態度はいただけませんよ。先日、土の魔法を発現した平民の女生徒について噂《うわさ》を聞いた人もいるでしょう。うかうかしていたら彼女のような才能溢《あふ》れる後輩《こうはい》に追い抜《ぬ》かれてしまうかもしれませんよ」

そうだ。

もし学園の侵入者がノーフェイスなら、あの学園長でも気付けない。

あいつは姿を自由に変えられるってだけでもチートなのに、潜伏《せんぷく》先では徹底《てってい》的に場に溶《と》け込《こ》む異常な慎重《しんちょう》さを持っている傭兵だ。

「アルル先生ー。その平民、実は貴族の落とし子だとかそんな話じゃないんですかー？　このクルッシュ魔法学園に通えるほどのお金があるわけですしー」

「ミス・マイヤー。物語の読み過ぎです、彼女はれっきとした平民……いいえ、この言い方は正しくありませんね。そのような落とし子などではありません」

「へー。女の子なんだー。じゃあきっと今、有頂天だろうね、魔法が使えるようになった平民の子って皆そうだから」

もし今がノーフェイスが襲撃事件の布石として忍び込んでいる時期ならば、今の状況《じょうきょう》にぴったりじゃないか。

思いついたら、思考は止まらない。

一人ネズミの見当を付けたところで、俺は何をすべきかを徹底的に思考する。

後は——確証が必要だ。

誰にもバレることなく、ネズミの存在を確定させる。

このクルッシュ魔法学園にはシューヤを筆頭に将来有望な魔法使いが集まっているが、もし歴戦の傭兵であるノーフェイスが暴れだしたらとんでもないことになってしまう。

「アルル先生」

「何ですかミスタ・グレイトロード」

「またシューヤが寝《ね》てます。思いっきり減点してあげてください。それがあいつのためになります」

「……ミスタ・ニュケルンは余程《よほど》寝不足のようですね」

それに、この学園で生活しているのは俺たち貴族や平民の生徒達だけじゃない。

日常生活を助けてくれる従者やメイド。先生方や大量の食料を調理する料理人や商売人だって大勢いる。それに馬車を引く馬や手紙を運んでくれる鳥だって沢山いるのだ。

他国からやってくる留学生もいるし、守ると誓《ちか》った君もいる。

この日常は壊《こわ》させない、と俺は一人で固《かた》く誓うのだった。

「おい、デニング。ちょっと待てって」

校舎を出ようとした時、俺を呼ぶ声に振《ふ》り返る。

「……何だ、お前か」

そこにはどこかお疲《つか》れ気味のシューヤがいた。いつもの明るさは鳴《な》りを潜《ひそ》め、どこか神経質そうに校舎を出て行く生徒を見つめていてかなり不審《ふしん》だ。

こいつは直情型の性格で思ったことをすぐ行動に移す。

だから昨日の学園長の話の後、昼夜を分かたず学園の探索を始めたに違《ちが》いない。アルル先生の授業中はいつにも増して眠《ねむ》そうだったからな。

「言っとくけどシューヤ。俺はお前と仲良しごっこをするつもりはないぞ」

「それはこっちの台詞《せりふ》だデニング。ただ俺はちょっとお前に聞きたいことがあるだけだ」

「俺に聞きたいこと？　何だよ」

「お前は……どうやって捜すつもりだ」

「何を？」

「とぼけんな、昨日学園長に――」

「――分かってないなシューヤ。俺たちがこうして喋《しゃべ》ってることが何よりも不自然なんだよ。この学園に入学してからお前が一回でも俺に話しかけてきたことがあったか？　俺たちが傍《はた》から見て不自然な状況を作り出してどうするんだよ」

「そんなこと……分かってるっての」

その場で立ち竦《すく》むシューヤを置いて、俺は緑豊かな校舎の外に向け歩き出した。

多分あいつ、焦《あせ》ってんだろうな。

アニメ版主人公だし、根は悪い奴《やつ》じゃないことを俺はよく知っている。

学園長からの期待や侵入者《しんにゅう》への敵意、でもどうやって捜せばいいか分からないんだろうな。今まで顔を合わせれば喧嘩《けんか》ばかりしてきた俺に聞く辺りあいつの混乱具合がよく分かった。

仕方ない、ちょっとぐらいならアドバイスしてやるか。

「学園長やロコモコ先生でも見つけられなかったんだぞ？　闇雲《やみくも》に捜したって見つかるわけがない」

「じゃあどうやって」

「そんなの俺が知るかよ……でもまあ——」

シューヤが手に持つ透明《とうめい》な球体に目を向ける。こいつはあの水晶《すいしょう》を占《うらな》いなんかに利用して金儲《かねもう》けしてるけど、あれはそんな有り触れたものじゃない。

アニメの中ではシューヤを本物の救世主へと導く、生きたマジックアイテム。

「お前が持ってるそれってさ——只《ただ》の飾《かざ》りなのか？」

俺の言葉を受け、水晶内で一筋の炎《ほのお》がざわりと揺らめいた気がした。

確かな予感があった。

けれど実際にこの目で見て、判断しなければいけないと思った。

全能とも思えるアニメ知識を使うのは今この瞬間《しゅんかん》以外にないだろう。

「さあ鬼《おに》が出るか、蛇《じゃ》が出るか」

同時に数百人は食事が取れそうな巨大《きょだい》な食堂。窓ガラスの向こう側には慌ただしく動き回る大勢のメイドやパンを口に運んでいる生徒達の様子が見えた。毎日変わることのない学園の一ページ、これ以上ないぐらいの無防備なワンシーン。

大勢が集まる場所が典型的な攻撃《こうげき》の対象となることを俺はよく知っていた。

しゃがみ込んで、草むらをかき分けながら目的のぶつを探していく。見つからないでくれと祈《いの》りながら、あってくれとも思っている。

矛盾《むじゅん》した感情にさいなまれていると、精霊《せいれい》が肩《かた》に留まった。

「まぁ——予感はしてたんだよ」

草むらの中に巧妙《こうみょう》に隠《かく》された魔法陣《まほうじん》、掘《ほ》り返された土はまだ真新しい。

俺の頭の中には大人気アニメ、『シューヤ・マリオネット』を中心とした膨大《ぼうだい》な知識が詰《つ》まっている。使い方次第《しだい》ではこの世界で何でも出来そうな万能の源。けれど、目に映る鮮《あざ》やかな魔法陣が容赦《ようしゃ》ない現実を俺に突《つ》きつける。

クルッシュ魔法学園に忍び込んでいる侵入者は顔の無い女、ノーフェイスだ。

「確定だ。ノーフェイスは後に起こす学園襲撃事件のために今、学園に忍び込んでいる。でも重いなー、しょっぱなから強キャラクラスの敵が出てくるのかよ」

けれど弱気はここまで、絶望する時間は一瞬《いっしゅん》で十分。

アニメでも最強クラスの敵キャラだけど、俺は彼女に対する多くの情報を持っている。

これは試金石。この世界で俺の力がどれだけ通じるかを試《ため》す絶好の機会に違いなく、そう考えるとノーフェイスは恰好《かっこう》の相手だ。

臆《おく》することは何もない。

なぁそうだろ？　真っ黒豚公爵《ぶたこうしゃく》。

俺の想いに応えるかのように、風の精霊が俺の肩から青々とした空に飛び立っていった。

「……とりあえず昼ごはん食べにいくか」

広々とした大広間。

入り口から奥まで何列もの長机が連なり、高い天井《てんじょう》を支える壁窓《かべまど》から高く上った太陽の光が差し込んでいる。大忙《おおいそが》しのメイドさん達を尻目《しりめ》に、沢山《たくさん》の生徒がぺちゃくちゃとおしゃべりをしながら食事を楽しんでいた。

「山盛りー山盛りにしておくれー」

ぶひーぶひーとメイドさんを呼びつける。

食事の配膳《はいぜん》や水差しの補給といった雑用は基本的に雇《やと》われメイドさんの仕事である。頭には白いカチューシャをつけて、黒と白のエプロンドレスを着た彼女達は学園に雇われ、ちゃんと毎月給金が支払《しはら》われているれっきとしたプロフェッショナル。仕事内容は洗濯《せんたく》や給仕《きゅうじ》、学園の至る所の掃除《そうじ》といったように山のようにあり、俺たちの生活を毎日豊かにするために馬車馬のように働いている。

たまにメイドさんがやるべき雑用をこなしている平民生徒がいる。手伝うと結構な給金が出るらしいのでやりたがる人が多いのだそうだ。

「本日のメインはロック鳥の照り焼きと豊かな緑の大地で育った野菜をふんだんに使ったスープ、風味豊かなガーラ領特産品の白パン。さらにスロウ様にはそこのティナさんより料理長特製のデザートが注文されてます」

「ほうほう、ありがとう」

俺が学園のアルバイト事情に思いを馳《は》せていると、ようやく目の前に昼《ひる》ご飯《はん》が載った銀のトレイがさっと置かれる。

ふぅー、俺は腹ペコですよ。

ってあれ？　量多くない？　パンとか皿に山盛りなんですけど？　近くの生徒達も羨《うらや》ましそうに俺を見てるんですけど？　普通《ふつう》の量で十分なんですけど？　ダイエットしてるんですけど？

「なあさっきの山盛りにしてくれってのは冗談《じょうだん》のつもりだったんだけど……」

配膳してくれたメイドに声を掛《か》けようとして、俺は驚愕《きょうがく》に震《ふる》えた。

「え。ちょ、ちょっと！　このデザートの山盛りは一体何なのさ！」

「お貴族様、これは私達からの気持ちですっ」

見覚えのある、俺が水の秘薬をあげたメイド達が次々と俺の前に現れ、テーブルの上に山のようにデザートを積んでいくのだ。

……俺が真っ黒豚公爵の時でも食べたことのないレアメニューの数々。

そんな彩り豊かなデザートの数々に見惚《みと》れていた俺に声を掛けたのはあいつだった。

「すごいことになってますね、スロウ様。でも聞きましたよ。何でも肌荒《はだあ》れに悩《なや》んでいたメイド達に水の秘薬をあげたとか」

黒を基調とした給仕服を着たビジョンが一歩下がり、恭《うやうや》しく俺に頭を下げた。綺麗《きれい》な金の髪《かみ》を丁寧《ていねい》にオールバックに撫《な》でつけ、サファイアのような綺麗な青い瞳《ひとみ》。

そういえば食堂で給仕のアルバイトを始めるとか言ってたな。

「おい貧乏《びんぼう》っちゃま。何でお前がそれを知ってるんだよ……」

「彼女達が高価な水の秘薬を持ってるなんて可笑《おか》しいですから。それに今、僕は食堂で働いてまして、休憩《きゅうけい》中にちょっと聞き耳を立てれば色々と話し声が聞こえてくるんですよ。

……それにしてもすごい量のデザートですね」

メイドは噂話《うわさばなし》が大好きだってシャーロットが言っていたけど、ほんとにそうみたいだな。

でも、これはあれか。

真っ黒豚公爵として築き上げられた俺の評判を回復するためのイメージアップ大作戦はどうやら成功といってもいいようだ。

「そういえばスロウ様、知ってますか？　食堂で働いてる者達の間で配置換《が》えがありまして、ちょっとおもしろいことになりました。スロウ様ならすぐにお気付きになられるかと思いますが」

「実は……おっと、すみません。ここで話し込んでいたらメイドに怒《おこ》られそうです。お楽しみということで」

「何の話だ？」

ビジョンは大仰《おおぎょう》に肩をすくめ、急いで厨房《ちゅうぼう》へと戻《もど》っていった。

貴族生徒が雑用をこなす可笑しな光景。だけど、そんな可笑しな貴族を見るメイドや従者の口元に浮《う》かんだ微笑《びしょう》から、あいつが彼らに受け入れられているということが俺にはよーく分かった。

貴族と平民が親しげに言葉を交わしている和やかな光景に思わず微笑みそうになるが、俺は背筋を伸《の》ばして辺りをグルリと見渡《みわた》した。

見慣れた顔ばかりの食堂だけど、警戒《けいかい》せずにはいられない。

この平和な学園に姿を自由に変えられる歴戦の傭兵《ようへい》が紛れ込んでいることを俺は知っているのだから。

「うわー先輩《せんぱい》。何だかとんでもないことになっちゃいましたね。あの子たち、さすがにこれはやりすぎだって何で分からないのかなぁ」

途中《とちゅう》合流したティナが注文して持ってきた分も合わせて、俺のテーブルには山盛りのデザートが置かれていた。

「ごめんなさい先輩。あの水の秘薬の効果がとても良かったみたいで、あの子達がお礼したいって話は聞いてたんですけど。まさかこんなことになるとは思いませんでした。あの子達、楽しければいいやみたいな所があって……」

「昔の俺なら何も考えずメチャクチャ喜んでただろうな。でも今の俺はダイエット中なんだよね。さすがにこの量は……」

「やばいですよね、これ……後で加減をしろって言っときます」

とりあえず俺は先に昼食に手をつけることにする。

本来の昼飯を食べ終わってから、このデザートの山をどうするか考えることにしたのだ。

「ていうか、ティナ。いつもは俺と距離《きょり》置いてるのに、今日は近づいていいの？」

「先輩の周りはちょっと空いてるけど、食堂って基本満員じゃないですか。ついついデザートの山盛りに目が奪《うば》われて隣《となり》に座った一年生、みたいな」

「考えてるなぁ」

「先輩が思うよりずっと、平民の女の子がこの学園で生きていこうと思ったら大変なんですからね。性格の悪いお貴族様に目を付けられないよう頭を低くしたり、高い教科書代を必死で工面したり……それよりうわわ、見てくださいあの子。危なっかしいなぁ」

「え。誰《だれ》？」

「うわ、うわわ。あの子です、あの髪の白いメイドの子」

ティナの指さす先には一人のメイドの姿。

その子はティナの言葉通り、問題がありそうなメイドだった。具体的に言えば椅子《いす》の背もたれにぶつかって痛そうに唸《うな》ったり、水差しの水を生徒の頭にぶち撒《ま》けたりと、まさに天性のどじっ子メイドたる雰囲気《ふんいき》をぷんぷん醸《かも》し出していたのだ。

「先輩。あれ、見てください。やばいですよ絶対落とします。何で一気にあんな沢山の食器をお盆《ぼん》に載せようとするのかな。あ、やばい。あの子、絶対前が見えてない」

俺はもうハラハラドキドキで見てられないので、後ろ姿しか見えないメイドに杖《つえ》を向けた。

「わ！　やっちゃった！」

前が見えないほど高く食器が積まれたお盆を持ったどじっ子メイドは、椅子から立ち上がった生徒にぶつかり、お盆の上に載せた食器を床《ゆか》に落とす——大惨事《だいさんじ》。

「あれ？　音がしませんね」

けれど誰もが予感した悲劇は起きなかった。

俺が風の魔法を使い、落ちかけた食器を長机の上に丁寧に並べてあげたからだ。ティナが感嘆《かんたん》の声をあげ、そして当事者たるメイドが何を思ったのかずんずんと俺たちのもとにやってくる。

長いシルバーヘアを後ろに結んでポニーテールにしている。髪型《かみがた》が違《ちが》うし、フリフリのエプロンドレスを着ていたから別人に見えたけど、すぐ傍《そば》に来れば見間違うわけがなかった。

「助けてくれてありがとうございましゅ……スロウ様……」

「しゃ、シャーロット？」

「え、うそ！　あのメイド、シャーロットさんだったんですか⁉」

思わずティナとハモってしまう。

だってそこには立派なメイドに変身したシャーロットがいたのだから。

「シャーロットのお手伝い先って厨房の方じゃなかったっけ？」

「配置換えがあって、仕事場所を替えてもらうようお願いしたんです、スロウ様が食堂に出るようになりましたから様子が見たいなと思って……でも、こんなに大変だとは思いませんでした……あの、それより何でそんなにデザートが沢山あるんですか。もしかして、スロウ様が注文したんですか？」

いこの間の」

「あそこにいるメイド達が勝手に置いていったんだよ。多分だけどあれじゃないかな、つ

「あ……前に水の秘薬を作ってあげたことですか？　なるほどそれなら納得ですけど……これは――没収《ぼっしゅう》です」

ドラゴンエプロンからメイド服へと華麗《かれい》にフォームチェンジしたシャーロットはふんふんと頷《うなず》き、ひょいひょいと手に持つお盆の上に俺のデザートを置いていった。

「え！　ちょっとシャーロット！　何するのさ！」

「大盛りはまだいいですけど、それはダメです。太っちゃいます。食後にそんな甘そうなデザートなんてダメです。スロウ様はダイエット中なんですから」

そう言ってシャーロットは食後のために残しておいたデザートを取り上げてしまう。けれど俺はダイエット中なのにこんなカロリーの高いものを食べていいんだろうか？　と内心自問自答していたのだ。

ところがすぐさまシャーロットの細い手からデザートが載った小皿が奪い返される。犯人は俺の隣で姿勢よく座っていたティナだった。

「別にいいじゃないですかー。先輩は毎日頑張《がんば》ってるんですから。それにこれは友達を助けてもらった私とかメイドのあの子達の感謝の気持ちなんです」

「うん。俺もそう思うよシャーロット、感謝の気持ちなら食べないのも悪いかも」

「スロウ様はダイエット中なんですよ？　折角毎日早起きまでして頑張ってるんですから、今ここで甘い誘惑《ゆうわく》に負けたらダメです。ティナさんもスロウ様のお友達なんでしたら少しは気を遣って欲しいです」

「確かに俺はダイエット中だった、シャーロットの言う通りだ」

「食べる食べないは先輩が決めたらいいんじゃないですか？　それに別に全部食べろって言ってるわけじゃないですよ」

「確かに俺が決めるべきかもしれない、ティナの言い分も一理ある」

「むぅ」

膨《ふく》れるシャーロットの頬《ほお》。

「……やっぱりダメです、だってあとちょっとでスロウ様が目標にしてる既製品《きせいひん》の制服に手が届くんですよ。もうオーダーメイドの制服を新調しなくてもすむんです」

「そういえばそうだった。もう少しで既製品に手が届きそうなんだよ」

「……シャーロットさんの言う通りダイエットは大事かもしれませんけど、そもそも何のためにダイエットするんですか？　先輩は今のままが可愛《かわい》いって言う子もいますよ！」

「ぶひ！　俺が可愛いだって⁉　そうか、そういう見方もあるのか！」

シャーロットとティナの言い合いは徐々《じょじょ》にヒートアップ。

だけど、俺は少し心配になった。普段《ふだん》のティナはあんまり俺に近づかないようにしているし、シャーロットも出来るだけ学園では大人しく過ごすようにしているのだ。

「ダメです食べちゃダメですよスロウ様！」

「ちょっとぐらいならいいじゃないですか。ねぇ先輩！」

だというのにいつの間にか食堂中の注目を浴びている。

………どうしてこうなった？　ええ？　一体何が諍《いさか》いの原因だぁ！　ん？　そこにいるお前らか？　そうかお前らだな！　お前らがいるからこんなことに！　俺は時には真っ黒い決断を下す男、お前らなんてこうしてやる！

「あっ、スロウ様！」

「もぐもぐもぐがつぶひぶひもぐ」

とりあえずティナが注文してくれた甘いクリームの詰《つ》まったお菓子《かし》を口の中に放り込む。一口で吸い込まれると、舌の上で溶《と》けるように消えていく。クルッシュ魔法《まほう》学園の厨房を預かる料理長はその道では随分《ずいぶん》知られている人らしく、味そのものもダリス王室に献上《けんじょう》されても可笑しくないぐらいの出来だった。

スプーンとフォークを操《あやつ》り片《かた》っ端《ぱし》から喰らっていくと山盛りなんてあっという間に無く

なってしまう、そんな俺の凶行《きょうこう》にさすがのティナも呆気《あっけ》に取られているみたいだった。

「ぶひもぐ……ぶひぃ」

「スロウ様。私、あれほど食べちゃ駄目《だめ》って言いましたよね」

「シャーロットごめん。でも落ち着いてよく聞いて欲しい。別に俺は山盛りデザートの誘惑に勝てなかったわけじゃないんだ」

「……どういうことですか？」

「確かにダイエットは大切だ。今の体形から痩《や》せること、これほど分かりやすく俺が変わったと周りに思わせる手段はないだろうからね。でも、こんな風に誰かに奢《おご》ってもらうなんてことは思えば初めての経験だったんだ。だから嬉《うれ》しくてさ」

さっきから俺たちの様子を遠目に見守っていた者の中にいたメイド達一同。

俺が彼女達に軽く手を振《ふ》るとわ〜と頭を下げられ、そこでシャーロットも初めて彼女達の存在に気づいたようだった。彼女達は俺がデザートを食べるのか食べないのかずっと心配そうな面持ちだった。けれど今は仕事中だというのに何やら嬉しそう。

そんな彼女達の様子を見てシャーロットは俺の気持ちを察したのか、膨れていた頰が徐々に緩《ゆる》んでいく。

「スロウ様のお考えはよく分かりました。……でも、もうこれっきりですからね。次からはほんとうに没収します！」

「うん、分かったよ。確かに俺はダイエット中だし、こんな風に食べるのは今回だけにしておく」

「あ、あの……ごめんなさいシャーロットさん、メイドのあの子達がちらちらこっちを見てるからつい言い過ぎちゃいました。でもダイエットも重要ですし、先輩《せんぱい》を餌付《えづ》けしないようにってあの子達には言っときます。可愛いといっても痩せた方がいいって意見がやっぱり圧倒《あっとう》的ですから」

「あ……いえ、私も何だか熱くなっちゃいました。私はスロウ様の従者ですから、スロウ様のことになると熱くなっちゃうというか、ごめんなさいティナさん」

シャーロットは本物の痩せ薬をゲットした時だってまるで自分のことのように喜んでくれたし、イメージアップ大作戦だってシャーロットの発案だ。

シャーロットが俺のためを思って心を鬼《おに》にして言ってくれてることはよく分かった。

「あとさシャーロット。その服すっごく似合ってると思うよ。厨房《ちゅうぼう》での皿洗いも大事な仕事だけど、メイドってのもいいもんだね」

「すごいですよね……シャーロットさんは気付かれてないみたいですけど、今も皆《みな》の視線を独《ひと》り占《じ》めしてますもん」

「……私。見られてるんですか？」

食堂でせっせと働いているメイドさん達は皆、可愛い女の子ばかりだけど、その中でもシャーロットは頭一つ、いや頭二つは抜《ぬ》けていた。可愛さプラス溢《あふ》れ出る高貴さ、さらに天性のどじっ子属性が加わって放っておけないような危険な魅力《みりょく》をさっきからずっと振りまいているのだ。

つまり、注目の的だった。

シャーロットもようやく皆の注目を一身に浴びていることが分かったのか表情をへなへなと崩《くず》し、赤くなった顔で両手を頬に添《そ》えた。メイドにあてがわれるエプロンドレスに、シーロットはまだ気恥《きは》ずかしさがあるようだった。

「……先輩、幸せ者ですね。クルッシュ魔法学園は結構従者の方がいますけど男の方ばっかりですし、こんなに可愛らしいシャーロットさんに思われて。罪です罪、犯罪ですよ」

ティナが悪戯《いたずら》っぽく笑い、シャーロットはさらに顔を赤くする。

シャーロットはもうたじたじである。頭の中から山盛りのデザートのことなんかとっくに吹《ふ》っ飛んでいるようだった。

「そ、そうだ……皿洗いしなきゃ……私の仕事は皿洗い皿洗い……スロウ様、私厨房に戻《もど》りますからまた後で」

とか何とか言ってシャーロットは厨房の中にすっ飛んでいってしまった。エプロンドレスの裾《すそ》を摑《つか》んで、シャーロットには珍《めずら》しい優雅《ゆうが》さの欠片もない走り方だ。

って……ちょっと待て。シャーロットの今のアルバイトは皿洗いじゃなくて食堂での給仕でしょ。何で厨房に戻ってるのさ……。

逃《に》げるように去っていったシャーロットを見てティナはやっぱり可愛い人ですねと小声で俺に言う。

「でもお貴族様って口が上手《うま》いんですね。そういうのもお家で習ったりするんですか？」

「そんなわけないから……ん、あいつ」

遠くからビジョンがこちらを見て苦笑していた。

そして厨房に入っていったシャーロットからお盆《ぼん》を受け取ると、代わりに給仕の仕事を始めた。ティナと同じように、お見事ですと言わんばかりにこちらに向けて優《やさ》しく微笑《ほほえ》んでいる。

くそ、見てたのかよ。

ムカついたので俺は貧乏《びんぼう》っちゃまに向かって、こっちこいこっちこいと手を振った。

「何か御用《ごよう》ですか？　スロウ様」

「……あの子は知っていると思うが俺の従者だ、名前はシャーロット。これからフォロー

「頼むぞ」

すると貧乏っちゃまは恭しく一礼。

「お任せ下さい、悪い虫がついても困りますからね」

貧乏っちゃまはまさに貴族という文字を人間にしたような奴《やつ》で、貴族としてこうあるべきという姿を若くして体現したかのような奴だ。さっきから見てるとメイドにも優しく指導しているし、あいつが目をかけてくれればシャーロットも今よりは安心して働けるだろう。

「……ん？」

「ありえないですわ……豚《ぶた》のスロウが人を気遣《きづか》うなんて……」

幾《いく》つもテーブルを隔《へだ》てた先、アリシアが銀のフォークを持ったまま、ぽかーんとした顔で俺を見つめていた。

何やらぶつぶつ呟《つぶや》いている。

怖《こわ》いから放っておこう。アニメのメインヒロインに関《かか》わったらろくな目に遭《あ》わないことを俺はよく知っているのである。

「先輩。私、シャーロットさんのこと可愛いって思ってるのは本当ですよ？　というか贔《ひい》屓目《きめ》抜きに可愛いです。……もしかして先輩の趣味《しゅみ》ですか？　……デニング公爵《こうしゃく》家の権力、使っちゃったんですか？」

「それでシャーロット、聞きたいことって何さ」

「えっと……それはですね、ずばりティナさんのことです」

シャーロットから呼び出されたのは授業を終え、魔法陣《まほうじん》を探すために学園内をぶらぶらしている時だった。

「私、気付いちゃったんです」

「何を？」

「ティナさんが杖《つえ》を持ってたってことです！　どうしてですか？」

「え？　だってティナは魔法使いだよ」

「またまた何を言ってるんですかスロウ様。だってあの子、平民ですよね？」

大聖堂前の広場では横になって休んでいる生徒がチラホラ見える。芝《しば》の上で寝転《ねころ》がっていたり、木陰《こかげ》で木にもたれかかって本を読んでいたりと、穏《おだ》やかでのんびりとした時間をそれぞれが過ごしている。

変わらない日常を横目で眺《なが》めながら、どこかそわそわしているシャーロット。

「うん。平民だけど魔法に目覚めたんだよ、ついこの間ね」

俺の自慢《じまん》の従者はどんな時でもまるで深窓の令嬢《れいじょう》みたいに気品に溢れて。

「……ええええええええッ！　平民で魔法って！　信じられませんっ！」

――いなかった。

「しかもあの子まだ一年生ですよね？　今日一緒《いっしょ》に働いたメイドの子に聞きました！　入学したばかりの平民の子が魔法ってそんなことあるんですか！」

「ちょ、近い近い。シャーロット近いって。そうだよティナは学園に入学したばっかりだけど土の魔法に目覚めたんだ。でもシャーロットも平民だけど魔法使えるじゃん。そんなに驚《おどろ》くこと？」

「それは。まぁそうですけど……私は特別というか……ごにょごにょ」

途端《とたん》、尻《しり》すぼみ的に小さくなる声。

シャーロットは俺の前でも平民の振りをしているが、本当は貴族のさらに上の高貴な生まれ、王族だ。

ドストル帝国《ていこく》に滅《ほろ》ぼされた南方の大国、ヒュージャックのお姫様《ひめさま》だ。

だけどデニング公爵領地にたった一人で逃げ延びてきて、俺の専属従者となってから自分の素性《すじょう》を誰《だれ》にも知られないようにこれまで生きてきた。

俺の従者であり、争いが苦手な心優しい女の子なんだ。

「スロウ様、どうされたんですか？　急に立ち止まって」

「ん、いや――」

そんなシャーロットがデニング公爵領地からクルッシュ魔法学園にやってきて、この学び舎《や》での生活が一番生き生きしているように見えるんだ。

だから俺は、今このクルッシュ魔法学園で起きている闘争《とうそう》に巻き込みたくない。

例えば今――俺が踏《ふ》み締《し》めている地面に魔法陣が刻まれていたことをシャーロットには絶対に気付かれてはいけないのだ。

「その、本格的に魔法の勉強を始めたばかりで土の魔法に目覚めたティナ。あの子の才能はどんなものなんだろうと思ってさ」

「……ちなみにスロウ様。私とあの子のどっちが今の時点で魔法が上手だと思いますか？　わざわざ聞くまでもないことだと思うんですけど。だって小さい頃《ころ》から魔法の研鑽《けんさん》を積んできた私とティナさんですから、年季が全然違《ちが》いますから」

出た、シャーロットの魔法コンプ。

シャーロットは王族の生まれなのに魔法がとっても下手くそ。いつか上手に魔法を使いたいと思ってるらしいけど現実はそう上手くはいかない。

シャーロットの魔法は今まで一度もコントロールで成功したことがなくて、いつも周りに被害《ひがい》をもたらすハチャメチャ魔法。そんな非常識な魔法使いをデニング公爵家は絶対に許さない。だからシャーロットに杖を持たせるのはダメだとキツく言われている。

前の大食い魔法大会ではペアとして参加してもらうために俺の杖を貸したけど、あれは特別だ。シャーロットが勝手に魔法を使ってたことがうちにばれたら大変なことになっちゃうぞ。

「ティナ」

俺はシャーロットからの質問に即答《そくとう》した。

「え」

「ティナのほうが魔法の扱《あつか》いは上手かな。少なくともティナは自分の思い通りに魔法が使えてるからね、まだまだ初歩の初歩の魔法だけど」

「……私。魔法に目覚めたばかりの子にも負けちゃうんですね」

シャーロットはがっくりと肩《かた》を落とす。

「でも、ま。あの子は良い子だよ、努力家で真面目で。平民だけどクルッシュ魔法学園に入学出来たのも分かる」

「そりゃあまぁ……なんとなく分かりますけど……はぁ、どうしてかなぁ」

しょんぼりとするシャーロットを眺めていると、風の精霊《せいれい》が俺の肩に乗って何かを必死で俺に伝えようとしていた。

大半の精霊は知能が高くないため意思の疎通《そつう》には苦労する。それに彼らが視える俺に悪戯目的で近づく精霊も跡を絶たない。だから大半は無視するようにしているのだけど、精霊の必死な様子を見れば何が言いたいかはすぐに分かった。

「……私も杖を買ってまた魔法の練習しようかなあ。最近の杖は市販《しはん》されているものでも質がいいって聞きましたし。ねえスロウ様。私も――」

「ダメ。それで昔、えらいことになったことがあるでしょ」

「……ケチ。スロウ様のケチ」

魔法と精霊は表裏一体。

なるほど、改めて俺はその事実を実感する。

風の精霊は空に浮《う》かび上がり、ふわふわと風に流されるまま移動を開始した。

「どうしたんですかスロウ様。そのベンチに何かついてるんですか？」

俺は道の脇《わき》に置かれたベンチの背後に移動する。

とても分かりづらいが、木製ベンチの背面に刻まれた小さな魔法陣。

闇《やみ》の力が込められた爆破《ばくは》の魔法。くそ、こんな危険な魔法を学園に仕込みやがって。

「いや、何でもないよ。ただこの学園での生活はデニング公爵領地でのそれに比べたらとっても平和だと思ってさ」

「そうですね。とっても平和ですから私、この場所がとっても大好きですっ」

そう言って微笑むシャーロットを見つめながら、俺は彼女に悟《さと》られぬようベンチの背面に落書きのように刻み込まれた魔法陣を破《は》壊《かい》した。


ここ数日は広い学園内を駆《か》けずり回り、学園の隅《すみ》から隅までを徹底《てってい》的に調べた。

そんな涙《なみだ》ぐましい努力のお陰《かげ》か女子寮《りょう》の傍《そば》や学園の入り口である正門の脇、非常用食料倉庫の中、校舎の壁《かべ》の落書きの中に巧妙《こうみょう》に仕《し》掛《か》けられた魔法陣を次々と見つけることに成功した。

「ノーフェイスの野郎《やろう》……どんだけの魔法陣を学園に仕掛けてんだよ。あれ全部が襲撃《しゅうげき》の際に使われるって考えるとゾッとするぞ」

ドストル帝国から依頼《いらい》を受けたノーフェイスの目的は恐《おそ》らく二つに集約される。

一つ目は学園に関する機密情報の入手、学園長の部屋に忍《しの》び込もうとしたのはこれが目的だろう。そして二つ目は学園襲撃の際にサポートとなる魔法陣の設置、この作業は恐らくもう終了《しゅうりょう》している。

「学園長に報告すべきかどうか。でもどうして俺が気付いたか説明するのが面倒《めんどう》だな。魔法陣は長年この学園で生活している学園長でも見つけられないほど、巧妙に隠《かく》されていた。たった数日で俺が気付いた理由は精霊の導きです、なんてとてもじゃないが言えないしな」

俺が魔法陣を潰《つぶ》していることに感付いたあいつが残った魔法陣を使って騒動《そうどう》を引き起こし、学園から逃《に》げ出す可能性もある。だからあいつに気付かれる前に出来るだけ多くの魔法陣を潰しておきたいところだ。

「学園長にはもう少ししたら告げるとして……やっぱり昼間に行動するのは人目が気になるなあ。今更《いまさら》俺が変な行動してても誰も気にしないだろうけど、今日なんかシューヤがこそこ俺に付き纏《まと》ってるし……」

自室の窓を開け、夜の涼《すず》しい空気を取り入れる。

俺が住まう寮四階の窓からは暗い闇に包まれたクルッシュ魔法学園が一望出来た。

木立の下で剣技《けんぎ》の練習をしている生徒もいれば、運動場の向こう側にある女子寮の入り口付近で誰かを待っている男子生徒の姿も見えた。学園内を巡回《じゅんかい》しているロコモコ先生や馬を引いて歩いている御者《ぎょしゃ》の人たちの動きもよく分かる。

「アニメ版主人公であるシューヤの特徴《とくちょう》。それは異常な洞察《どうさつ》力、熱血占《うらな》い師《し》の異名は伊達《だて》じゃない。万が一あいつに俺がやってることがばれたら困るんだよなー。出来れば今回の事件はシューヤに関《かか》わらせることなく終えたい」

俺は窓の外に誰もいないことを確認《かくにん》すると。

「魔法陣を潰すなら人目のない夜の方が効率的ってね」

外の闇に向かって躊躇《ちゅうちょ》せず飛び降りた。


暗がりの中、夜空には満天の星が瞬《またた》いている。

乗馬練習等に使われる動物達の居住エリア、雑草生《お》い茂《しげ》る広い原っぱに俺はいた。昼間であれば何十頭もの馬たちが自由に走り回るのどかな光景が見えるだろう牧場は、デブッチョだった真っ黒豚公爵《ぶたこうしやく》時代の俺にはあまり馴染《なじ》みがない場所だった。

生徒であれば大半が受ける乗馬の授業は取ってなかったからな。何故《なぜ》なら一回馬に乗ろうとしたことがあったのだけれど、馬が潰れかけたのでそれから自重しているのだ。

「ぶひぶひ」

精霊の案内に従い、長細い馬屋に近づいていく。

俺はノーフェイスがとあるマジックアイテムの力を借り姿を変えていることや、魔法陣《まほうじん》で仕掛けを施《ほどこ》す際には闇と水を融合《ゆうごう》させたオリジナル魔法を利用することを知っている。闇の魔法が混ぜられたものは特に精霊が嫌《きら》うので、注意深く観察すれば精霊が見える俺にとっては分かりやすい。

「そこか」

暗闇《くらやみ》を光の魔法で照らしながら、背丈《せたけ》の低い草を掻《か》き分けると地面に刻まれ巧妙に隠された魔法陣の一部が目に入った。

今まで見つけたのとは大きさが段違い、へー、これは。

「水型人形《ウォータードール》の魔法陣。それも発現と同時に周りに襲《おそ》い掛《か》かるよう闇の魔法が込められてる。これがアニメの中で火の魔法使いであるシューヤを苦しめたあの魔法か」

発動すれば生きるもの全《すべ》てに襲いかかる水型人形《ウォータードール》。

もしこの魔法が生徒やメイド達の住居近くで発現すればパニック間違いなし。水型人形《ウォータードール》自体は魔法が使えればそれほど脅威《きょうい》になる相手じゃないけど、この学園には戦いに向かない人達が大勢いる。

それに一見すると水場に住まうモンスター、アクアスライムに似せて作られる水型人形《ウォータードール》は学園をパニックに陥らせてしまう。

俺は魔法陣に手を翳《かざ》して構成を探りながら傭兵《ようへい》の魔法を弄《いじ》くっていく。

「へえすごい。水型人形《ウォータードール》がやられたら近くのやつと合体するようになっているのか。ここまでの構成となると夜遠しの作業だろうな」

さすがドストル帝国から直接、依頼を受けるほどの傭兵だ。

俺は魔法陣に翳した手から魔力を送り込む。ぼわんと淡《あわ》い青色の光が浮かび上がり、爆《ばく》発《はっ》しそうになる魔法陣を上から強引に押さえ込む。俺が術者だと魔法陣に誤解させ、精密に刻まれた魔法陣を内側からゆっくりと変化させていく。

バチバチと魔法陣が弾《はじ》け、鳥肌《とりはだ》が立った。

高い次元での魔法制御《せいぎょ》。しくじれば大きなクレーターが出来るかも。

「やっぱり周りが気にならない夜を待って正解だったな」

所有権が傭兵から俺に移り変わるその刹那《せつな》を見逃《みのが》さない。

「これで終わりだ」

一気に力を込めるとバチンと光が爆ぜ、魔法陣が一際強く光り輝《かがや》いた。

●

同刻、闇に包まれた街道を逞《たくま》しい馬に乗り進む者たちがいた。

「敵《かな》わないな。またモロゾフ学園長からの申し出だ」

軽装の鎧《よろい》に身を包み、上から穢《けが》れ無き白いマントを羽織っている。

彼らは騎士《きし》国家ダリスにおいて、王室騎士《ロイヤルナイト》と呼ばれる者たちであった。

街道ですれ違《ちが》う荷馬車の御者や道ゆく行商人達は目を丸くして振《ふ》り返る。王室騎士《ロイヤルナイト》など式典や王族の遊説を除けば、ダリスの一国民が滅多《めった》にお目にかかれるものではないからだ。

騎士国家と呼ばれるダリスには歴史の長い王室が存在する。

ダリス王室と呼ばれる彼らは光の大精霊と呼ばれる超常《ちょうじょう》の存在と言葉を交《か》わせるとされ、国の指導者としても民《たみ》から敬愛されていた。

ダリス王室は騎士国家ダリスにとって何よりも尊いものであり、守るべき国の象徴《しょうちょう》だ。

「モロゾフ学園長と騎士団長は旧知の仲、仕方のないことだ」

そんな彼らを守る者達こそがダリス中の貴族の中から選抜《せんばつ》された王室騎士《ロイヤルナイト》だ。

一人一人が魔法の扱いに優れ、剣の扱いにも長《た》けている。それぞれが格式ある貴族の生まれであり優れた魔法使い。

「それより今のクルッシュには優れた魔法使いはいるのか？　……ああ、誉《ほま》れ高き王室《ロイヤル》騎士《ナイト》になれそうな奴《やつ》という意味だが」

ダリスの貴族社会における精鋭《せいえい》中の精鋭といってもいいだろう。

クルッシュ魔法学園に通う貴族生徒の中でも王室騎士《ロイヤルナイト》を目指す学生は多いが、そう易々《やすやす》となれるものではない。王室騎士《ロイヤルナイト》になるための試験を受けるだけでも学園長からの推薦《すいせん》や家系のダリス王室に対する貢献《こうけん》度合いが一定の基準に達していることが前提条件。

「今いるとしたらあれだ。デニングのあれだ。優秀《ゆうしゅう》ではなく面白《おもしろ》い奴という意味だが」

「デニング？」

「堕《お》ちた風の神童。公爵《こうしゃく》家の奴らがついに匙《さじ》を投げたあのガキだ」

「おい」

先頭を行く男が振り返る。

癖《くせ》っ毛《け》の金髪《きんぱつ》を風になびかせ、規律の緩《ゆる》んだ部下達に発破をかける。

「そろそろ夜が明けヨーレムの町に到着《とうちゃく》する。軽い休息を取り、昼過ぎにはクルッシュ魔法学園に到着するよう森の街道を突《つ》っ切るぞ。各自、王室騎士《ロイヤルナイト》としての自覚を持ち――」

「分かってますよ、オリバー隊長。愚《おろ》かな者に光の裁きを」

ダリス王室の剣とも称《しょう》される王室騎士《ロイヤルナイト》の細剣《レイピア》が今まさに抜《ぬ》かれようとしていた。

「ふぁ、ねむい……」

アリシア・ブラ・ディア・サーキスタは自然と豊かに調和したクルッシュ魔法学園の爽《さわ》やかな空気を吸い込みながら、緑に彩《いろど》られた道を歩いていた。

亜麻色《あまいろ》の髪《かみ》と気が強く勝ち気そうな瞳《ひとみ》、飴《あめ》細工のように華奢《きゃしゃ》な身体《からだ》つきの女の子。

学園の大人しめで地味な制服を着ていても王族としての気品は隠しきれず、ずいずいと歩いていく様子はまるで威嚇《いかく》している子猫《こねこ》のよう。

「全く。私をこんな朝早くに起こすなんて。ほんとにあいつは……全く」

朝起きるのが苦手な彼女だけれども、こうしてまだ生徒も起きてこない時間に学園を歩いているのには理由があった。

あの豚《ぶた》のスロウが毎朝ランニングをしているらしい。本当かどうか確かめなくては。

「でも今更どうしてダイエットなんか。それに人が変わったようでまるで昔のあいつみたいに……いいえ、そんなことあり得ませんわ。でもまぁ、ちょっと見物しにいくだけなら別に……」

それだけの理由で、寝《ね》ぼけ眼《まなこ》で早朝の学園内を歩く。

もう一年以上住んでいるため学園が第二の故郷にも感じられる。

この学園は生徒総数だけで千人を軽く超《こ》す者が生活している巨大《きょだい》な魔法学園だ。当然、母国のサーキスタにも魔法学園は存在するけれどこれほど大きな規模じゃない。

緑豊かな森の土地を開墾《かいこん》して作られ、四方をアリシアの身長の数倍の高さを持つ壁で囲まれたクルッシュ魔法学園はとても安全な場所としても知られている。

「センスは悪くないですけど、やっぱり古いですわね。ダリスは古さを古風とか、歴史を感じる造りとか言って自画自賛するから他国から後れた国って言われるんですわねきっと。学園の外にはヨーレムの町しかないし。あれが国内で三番目の大きさって信じられないですわ」

学園の外側に広がる森にはモンスターも住み着いている。だが生徒の練習相手にもなる弱々しいモンスターが出るよう調整され、ここ数十年は森の中で地下ダンジョンが出来たなんて話も聞かれない。

「ええっと確か研究棟《とう》からスタートするんでしたっけ。豚のスロウのランニングは……あっ、誰《だれ》かいますわ」

古びた研究棟の脇《わき》、鬱蒼《うっそう》と茂る木々の下。

ショートカットのために整備された道を使わず、木々の下を通ってきた。お目当てのあいつかと思い、慌《あわ》ててアリシアは木の後ろに姿を隠《かく》す。

だが、そこには目を疑う光景が広がっていた。

目に入ったのは地面に刻まれた魔法陣に向かって杖《つえ》を振るう誰かの姿。

眼鏡を掛け、黒いローブを着込んだ落ち着いた物腰《ものごし》の女性の姿はアリシアにとって見慣れた人影《ひとかげ》ではあるけれど、こんな朝早くからアルル先生は一体、何をしているんだろう?

「我が血をもって闇《やみ》の魔法は——爆発《エクスプロージョン》に至る」

詠唱《えいしょう》と共にアルル先生の杖から光が弾け、魔法陣が深い闇色に包まれる。

不吉《ふきつ》な言葉の羅列《られつ》に杖から迸《ほとばし》る闇は鳥肌が立つ禍々《まがまが》しさで、この場にいてはいけないと警鐘《けいしょう》を鳴らす直感を無視しながら、アリシアは魔法陣の紋様《もんよう》を目に焼き付ける。

そして気付いた。

あれは明らかに——破壊《はかい》工作を目的とした闇の魔法陣だ。

「あら、見られちゃいましたか」

魔法アカデミー出身の理論派で、落ち着いた大人の声色《こわいろ》が耳に届く。

このクルッシュ魔法学園では魔法についての基礎《きそ》講義を担当しているアルル先生が、にっこりとした笑顔《えがお》のまま他国からの留学生を見つめていた。

「私の魔法陣を改変出来る力の持ち主がこの学園にいるなんて……」

凄腕《すごうで》の傭兵であるはずの彼女は少なからず動揺《どうよう》していた。

貴賓室で綺麗《きれい》な魔法細工を思わず触《さわ》って壊《こわ》してしまった時とは比べものにならないほどの衝撃《しょうげき》を受けていた。

「クルッシュ魔法学園の生徒、卒業生に関する機密はまだ手に入ってないけど……逃《に》げた方がいいかもしれないわね」

学園内に仕掛《しか》け終わった魔法陣が殆《ほとん》ど解除され、上書きされている。

よからぬ事態が起きていると判断した傭兵は学園でねぐらにしていた研究棟の中で一夜を明かした。幸いなことにこの古びたアジトまではばれていないようでほっとする。

歴戦の勘《かん》が言っていた。

今すぐにここを逃げるべきだと。

「万が一のために新しい魔法陣を幾《いく》つか作っておかないと……効果は爆破ぐらいがちょうどいいかしら」

それにしても一体、誰が。

いや、そもそも何故《なぜ》ばれた？

細心の注意を払《はら》い、隠蔽《いんぺい》していた魔法陣の数々。

いや、待て。考えるべきことは他にもある。

あのレベルの魔法陣を上書きされるなどということはよくよく考えれば有り得ない。

「……ッチ、先生に化けたことが仇《あだ》になるなんて。何で外に出るのに一々、学園長の許可がいるのよ……だけど門兵を倒《たお》し強引《ごういん》に外へ行けばあのロコモコ・ハイランドが飛んでくる」

何があろうと確実に逃げ切るためにはもう一手が必要だ。さて、何を使って逃げようか。学園をパニックに陥《おちい》らせるか、森の中に潜《ひそ》んでいるモンスターを使うか、幾つもの計画を頭の中で立てていると不意に物音が聞こえた。

「あら、見られちゃいましたか」

そして、見つけた。

こちらを見て唖然《あぜん》とする大国サーキスタからの留学生を。

「アリシアさんじゃないですか」

このクルッシュ魔法学園において、傭兵《ようへい》が考えられる限り最高の人質がそこにいた。

五章　全属性の魔法使《まほうつか》い

逃げなければいけない。

目的の機密情報は満月の夜にしか開けない秘密の部屋に隠されていることを確認《かくにん》したが、次の満月まで悠長《ゆうちょう》に待っている時間は無さそうだ。

考えられる最悪の事態は自分が捕《つか》まり、依頼《いらい》主であるドストル帝国《ていこく》の存在が露呈《ろてい》すること。機密情報は手に入らなかったが、ドストル帝国の奴らも現在自分が陥っている事情を聞けば仕方がないと判断するだろう。

「ほら、歩きなさい。この馬だって貴女《あなた》よりも聞き分けがいいわよ」

「アルル先生。闇の魔法陣を学園に仕掛けるなんて、ダリス中の貴族が黙《だま》ってませんわよ」

「ふふふ、私が先生ですって？　可笑《おか》しな話。貴女、それ本当に信じてたの？　あんな退《たい》屈《くつ》な授業。ただ教科書を読んでいただけの私を先生だなんて、ふふっ」

歯を食いしばり、アリシアはようやく現実を受け止めるだけの覚悟《かくご》を決めた。

安全だと信じていた学園は、自分の幻想《げんそう》であったことを受け入れる。

雄大《ゆうだい》な自然の中に建造された学園にはダリス国中から貴族が集まる。領地を持つ封地《ほうち》貴族から階級の低い法衣貴族まで家の格は高低様々。そのようなクルッシュ魔法学園でよからぬ企《たくら》みを実行するということはダリス国中の貴族を敵に回すのと同義であった。

「いつも居眠《いねむ》りばかりしていた貴女は目が曇《くも》っていたのでしょう。私は本当の先生なんかじゃないわ。依頼を受けて学園に潜《もぐ》り込んでいたのよ」

「そんなことって……」

卒業生がダリスの政界、財界の多くを占《し》め、さらには魔法の使えない平民であっても後に学園で培《つちか》った人脈を駆使《くし》して大商会を興した例が幾つもある。彼らからの莫大《ばくだい》な寄付などもあり、このような森の奥地でも何の支障も来さずに運営されている魔法学園。

門には兵士が常に立ち、四方を堅牢《けんろう》な壁《かべ》に囲まれたダリスの心臓部に曲者が侵入《しんにゅう》しているかもしれないなどと、アリシアは想像だにしていなかった。

「でもこのまま逃げられると思ってるんですの。門には兵士がいますわ」

「だから王族である貴女を連れていくんじゃないアリシア殿下《でんか》。貴女がいれば多少の融通《ゆうずう》が利《き》くの。そうね、学園の生徒で言えば公爵家の彼と殿下は特別な存在なのよ」

淀《よど》みのない足取りで傭兵は進む。

運動場の向こう側には二つの教育棟に挟《はさ》まれた通りが学園の正門まで真っすぐに続いている。アリシアと傭兵は一頭の馬を引き連れ、運動場に足を踏《ふ》み入れようとしていた。

「殿下、門兵の前では私の言う通りにして下さいね」

「……私が貴女のような人に言われた通りに動くと思って？」

「ちゃんとものを考えて喋《しゃべ》りなさい？　貴女の浅はかな行動でダリスの貴族に何かあれば面白《おもしろ》いことになるわよ」

魔法陣に手を加えている瞬間《しゅんかん》を見られてしまったがこのような小娘《こむすめ》一人に正体を知られても問題にすら感じない。

例えば見られた相手がモロゾフ学園長であったり元王室騎士《ロイヤルナイト》であるロコモコ・ハイランドなら即座《そくざ》に杖で殺し合いに発展するだろうが、相手はただの魔法が使える小娘だ。焦《あせ》る必要など、いったいどこにあるだろうか？

「……この私をこんな目に遭《あ》わせてただで済むと思ってるんですの？」

「ええ、思ってるわ。ただの小娘である貴女に一体何が出来るというのかしら」

だが、そんな彼女の心にさざ波を立たせた要因は未だ取り除かれてはいない。

学園に仕掛けていた魔《ま》法陣《ほうじん》を次々壊していった者の正体。

最初に思い浮《う》かんだのは学園長であるが、彼はこの魔法学園に忍《しの》び込むにあたって最も警戒《けいかい》していたご老人だ。

その動きには常に細心の注意を払っており、行動をつぶさに把握《はあく》するために距離《きょり》の近い先生に成ったといってもいい。今日だって学園長の予定は完全に把握している。昼過ぎまで郊外《こうがい》の森で異常が起きていないか確認するための日課をこなしている筈《はず》だ。

「逃げられるわけありませんわ。私が正当な理由も無しにいなくなれば騒《さわ》ぎになる……」

「ええ、殿下は大切な留学生ですからそうでしょうね。でも殿下がいないことに気付くのは早くても昼頃《ごろ》かしら」

「……貴女はダリス中でお尋《たず》ね者になりますわ。絶対に逃げられない」

「ふふふ、心配してくれているの？　でも、存在しない相手を一体どうやって捕まえるというのかしら」

元王室騎士《ロイヤルナイト》であるロコモコ・ハイランドでもない。

あの男にそこまでの魔法技術はない。あれは王室騎士団《ロイヤルナイツ》においても生粋《きっすい》の武闘派《ぶとうは》であり、魔法陣の破壊ならいざ知らず、改変の領域にまで手を加えられるような繊細《せんさい》な技術を持ち合わせていない。一体何者が自分の魔法陣を塗《ぬ》り替《か》えた？　しかも全《すべ》てを壊したのではなく、所々には書き換《か》えられた魔法陣が放置されていた。あれは挑発《ちょうはつ》だ。自分が魔法陣を生み出した者より格上の存在であると暗に言っているのだ。

「貴女……一体何者なんですの」

「私は顔が無い女。貴女みたいな世間知らずのお嬢《じょう》さんは知らないと思うけれど、私ってそっちの世界じゃとっても有名人なのよ？」

いや、やめよう。もはや幾ら考えたところで詮無きこと。

自分は消える。

終わらせた仕事の思い出は綺麗さっぱり記憶《きおく》から消し去り、次の仕事に向かうだけ。

彼女の傭兵としての信条だった。

●

毎週、シャーロットは俺の学園での生活を記した報告書をデニング公爵《こうしやく》家に送っている。

それはこの学園で俺がどんな授業を取ったか、ちゃんと宿題を提出したかとか周りからはこんな風に思われている等をシャーロットなりに分析《ぶんせき》した俺の学園生活についてのレポートである。そんなシャーロット渾身《こんしん》の報告書に対しての返事は月一回学園に送り届けられることになっていた。

「スロウ様、これを見てください、実は今朝、家からの手紙が届いていました！」

ちょうど俺が自室で朝食を食べていた時、シャーロットは服のポケットから丸まった羊皮紙を出して俺に見せつけた。何故俺が食堂じゃなく自室にいるかというと、たまには部屋でゆっくり食べたいと思ったからだ。

「だからさっきからそわそわしてたんだね。それで今月は何て書いてあったの？」

「えっと。今、確認しますね……ふむふむ。ふむ……………ふむ？　ふむふむ⁇　……え、そんな……」

シャーロットが手紙を読みながら、意味深な呟《つぶや》きを残す。そして青い顔でわなわなと震《ふる》え出した。毎度毎度のことだけど、何だか嫌《いや》な予感がするぞ。

「どうしたの？」

ちなみに俺はデニング公爵家、つまりうちからの手紙なんて絶対に読まないぞ。前に一回見た時は家からの俺に対する小言が多すぎて、頭がゲシュタルト崩壊《ほうかい》してしまったのだ。あんなやりとりをうちと毎月しているシャーロットには本当に頭が下がるよ。

「それがあの……嘘《うそ》を書くなって怒《おこ》られちゃいました……。こんな作り話を長々と書くようならお給料を減らすって。特にスロウ様にお友達が出来たってくだりが信じられないみたいです。しかも女の子。スロウ様に女の子のお友達が出来るなんてドラゴンがエプロンを着て料理をするぐらいあり得ないって言ってます。また作り話を書くようならお給料を減らしますよって、それとももしかしてスロウ様にそう書くように脅《おど》されているんですかって。……あ、今のは私に対してでした……」

シャーロットはがっくりと肩《かた》を落とす。しょぼーんとして、さっきまでの輝《かがや》きっぷりが嘘みたいだ。

「ちなみにだけど今月はどんな風に報告してたの？」

「えっと……スロウ様が今までの自分を省《かえり》みて心を入れ替え、ダイエットを始めましたって書きました。制服のサイズが小さくなったことも、あと、お友達が出来たことも書いたんです！　そんなスロウ様に対して学園の皆《みな》さんも喜んでるとか……まぁちょっと話を盛ったりもしましたけど……」

思わず笑ってしまった。

全然作り話なんかじゃねーよ真実だよ。ていうか俺、どんだけ信用を失っているんだよ。

「でも全部ほんとのことなのに……うぅ、絶対褒《ほ》められると思ったのに……」

ありゃ、シャーロットはやる気をなくしたように椅子《いす》に座ってしまった。そしてだらける。ぺたんと頬《ほお》を机に乗っけて、右手の人差し指で机の表面をなぞっている。いつもきちんとしたシャーロットにしては珍《めずら》しい姿だった。

シャーロットはまじで褒められると思ってたんだろうな。

俺と同じようにシャーロットが従者としてうちから褒められたことなんて滅多《めった》にないのだ。

「シャーロット……。元気出して」

「……」

こりゃあ重症《じゅうしょう》だ。何とかして励《はげ》まさねば。

俺は大盛りにしてもらった朝ご飯を完食すると立ち上がり、棚《たな》の中に置いてある瓶《びん》を取り出した。

もう殆《ほとん》ど空に近いそれを一気飲みして、机の上にどんと置く。

するとシャーロットの瞳《ひとみ》に光が戻《もど》った。

「……あ！　痩《や》せ薬殆どなくなってるじゃないですか、補充《ほじゅう》しないと」

「毎日飲んでるからね。最近は昼にも飲むようになったし」

慣れというのは恐《おそ》ろしい。

今ではもう何の感情も抱《いだ》かず、俺は痩せ薬を飲み干せるようになっていた。

「スロウ様、すぐに新しい痩せ薬が出来ますから待っててくださいね！」

元気を取り戻してくれたのは嬉《うれ》しいんだけど、何か不吉《ふきつ》な言葉が聞こえたよ？

「え？　新しいの？」

「この前の大食い魔法大会で貰《もら》った痩せ薬の成分を調べたらとんでもないことが分かったんです」

「成分を分析？　そんなことシャーロット出来たの？　でもあれ、割れたよね？」

「教えてもらったんです。痩せ薬を作ってる商会に問い合わせたら初めはそんなこと教えられるかって門前払《もんぜんばら》いされたんですけど、デニング公爵家の従者ってことを伝えたら快く教えてくれたんです。すごいですよスロウ様、痩せ薬には何ととんでもない秘密が隠《かく》されていることが分かったんです！」

　何という行動力。

　というかあれだな。そんな気はしてたけどシャーロットはちょくちょくデニング公爵家の権力を使っているようだ。さすが俺の従者さん。抜《ぬ》け目のない女の子である。

「えーと。秘密って？」

　俺が聞くと、シャーロットはあわあわと焦りだした。

「あ……誰《だれ》にも言っちゃダメなんでした。商会の人から絶対言うなって言われてたの今思い出しました」

　なるほど、そりゃあ画期的な商品である痩せ薬だ。ライバル商会にばれたらとんでもないことになっちゃうもんな。

ていうか痩せ薬の秘密なんてどうでもいい。俺はただシャーロットが元気になってくれたことが嬉しいのだ。

「そっか。じゃあ、朝ご飯を食べたことだし身体苛《からだいじ》め抜いてくるよ」

「行ってらっしゃいですスロウ様、あ、私はまたお手紙書いてます。というかすぐに手紙出します、嘘じゃありませんって伝えないと！　ここで書いていってもいいですか？」

「いいよ。じゃあ、行ってくるね」

俺は廊下《ろうか》に出た。それにしても、太陽の光が暖かな、風一つない穏《おだ》やかな一日を予感させる朝だった。


たった一人でビリーズブートキャンプを行うと、とんでもない奇異《きい》の視線に晒《さら》される。大量の汗《あせ》を流しながら奇声《きせい》を上げてダイエットに励んでいるからだろうか。

巷《ちまた》では豚《ぶた》公爵が呪《のろ》いの儀式《ぎしき》を始めたとか言われ、呪われている相手は誰かと調査チームが発足されたらしい。だから呪わねーって。本当に失礼な奴《やつ》らが多い学園である。

そんな風に全身を軽く苛め抜いた後は軽めのジョギングでスタイルアップ。

「ぶっひー。ぶひぶひ。ぶっひー。ぶひぶひ」

規則的なリズムを崩《くず》さずに、足を動かす。

もはやダイエットを始めようと決意してから数週間の時が流れている。いつの間にか俺の変貌《へんぼう》はクルッシュ魔法《まほう》学園でも受け入れられつつあるようだった。

「続くなあ、豚公爵」

「賭《か》けは俺の勝ちだぞ。豚公爵がすぐに飽《あ》きなかったからシーリング銅貨十五枚な」

「っちぇ」

最近は俺のダイエットがいつまで続くかっていう賭けさえも成立しているらしい。ほんとにさ……どんだけエンターテインメントをこの学園に提供してんだよ俺。

クルッシュ魔法学園の、いやダリスのエンターテイナーって呼んでほしいぐらいだ。

あの貧乏《びんぼう》っちゃまから教えられた時は、俺のダイエットが成功するほうに全財産賭けろと言ったのだが、あいつは伯爵《はくしやく》家の出にしてはあり得ないほど貧乏で、こっちが気の毒になるぐらい金を持っていなかった。

「ぶっひぶっひ」

研究棟《とう》の傍《そば》からスタートし、運動場をグルッと一周、正門の壁《かべ》にタッチして、また元来たコースを戻っていく。これが少し体力のついた俺の新しいランニングコース。

「あ、おはようございます先輩《せんぱい》。よいしょ、今度また魔法を教えて下さい、うんしょっナであった。

突然《とつぜん》の声に誰かと思えば、両手一杯《いっぱい》に飼い葉を持っているため半分顔が隠れているティ
「朝からご苦労様。いいよ、また今度一緒《いっしょ》に練習しよっか」

「わーい、嬉しいですっ。んしょ、っと」

ティナは朝の時間帯、馬屋でお馬さん達にご飯をあげるお手伝いをしているらしい。平民の生徒にとってクルッシュ魔法学園の学費はバカ高いし、生活費だって必要だ。ティナのような平民生徒はそうやって精力的にアルバイトをすることで何とか学園での生活を送っている。まぁ街の方では経験出来ないアルバイトが出来るので意外と楽しいんですとか言ってたな。

「ぶっひぶっひ」

人通りの少ない区画を抜けるとひらけた運動場が見えてくる。

土の魔法使いによって整備された大地の上で剣技《けんぎ》や魔法の練習をしてる平民の一年生集団がいたり、魔法学園らしく大仰《おおぎょう》な表紙の本を読んでいたり、ダイエットのためにぶひぶひ言ってる俺がいたりと朝の時間の使い方は人それぞれ。

だけどこの平和の裏側で、学園に忍《しの》び込んでいる者の存在を俺は知っている。

侵入者《しんにゅう》の存在が学園の生徒達に知られれば学園の光景は一変してしまうに違《ちが》いない。まず間違いなく功名心に溢《あふ》れた貴族の生徒が侵入者捜しを始めるだろうし、何それ怖《こわ》いって引き籠《こ》もる生徒も急増するだろう。

そしてそんな風に浮足立《うきあしだ》った学園の雰囲気《ふんいき》をノーフェイスは見逃《みのが》さない。あいつは場を混乱に導くという能力に関しては右に出るものがいないぐらいピカイチだ。

「ぶっひぶっひ……」

モロゾフ学園長やロコモコ先生でさえも見つけ出せない凄腕《すごうで》の侵入者。

けれどそれは仕方がないこと。

ノーフェイスはマジックアイテムを使って自由に外見を変えられる潜入《せんにゅう》工作のスペシャリストだ。そんなチート野郎《やろう》に対して俺はアニメ知識の使用を躊躇《ためら》わない。

「ぶっひぶっひ……」

学園に仕掛《しか》けられた魔法陣《まほうじん》はここ数日でほぼ全《すべ》てを片付け、そろそろ異常に気付いた頃《ころ》だろう。

後はあいつがどう動くかだ。機密情報の入手が第一の筈《はず》だが、余りにも状況《じょうきょう》が可笑《おか》しいとなれば学園の外に逃《に》げる可能性もある。

だから──網《あみ》を張る。

門兵にもし誰か突然の用事で外出したいと言い出す者がいれば、俺を呼び出すよう命令を下す。生徒が兵士相手に命令を出すなどあり得ないが、俺は公爵《こうしゃく》家の人間だ。

ここまで来ればデニングの家名だって使ってやるさ。この国の兵士を統括《とうかつ》しているのは俺の父上デニング公爵を始めとする公爵家の人間達なんだ。

それに今日の夜には学園長と話をするよう予定を取り付けた。その場で魔法陣の存在を打ち明けるつもりだ。

「ぶっひぶっひ……ん。あれは」

つんと澄《す》ました顔で歩く少女。

アリシアが後ろに学園の職員と馬を連れている。

まるで学園の職員を従者のように連れているその傍若無人《ぼうじゃくぶじん》な態度に俺は大きなため息を吐《つ》いた。

ああ、きっと真っ黒豚公爵も前まではあんな感じだったんだろうなあと思って。

●

慣れ親しんだ光景なのにどこか遠い。

見慣れた景色が色褪《いろあ》せて見え、透明《とうめい》な壁に阻《はば》まれているような気持ちになる。

「……」

アリシアは王族であり、王族とは守られるべき存在である。彼女は将来どこかの有力な貴族か他国の王族に嫁《とつ》ぐべき少女であり、戦う教育なんて以《もっ》ての外。

もしこの場がサーキスタの魔法学園であるならば助けを求めただろう。母国では彼女のために命を張る貴族だって大勢いる。

けれど、ここはダリスだ。

もしアリシアが助けを求めてダリス貴族が死に至るようなことになれば母国はダリスに借りを作ることになる。そもそもかなりの無理を言ってアリシアはこのクルッシュ魔法学園にやってきたのだ。

「……」

知り合いの少ない異国の学園、他国の王族ということで色眼鏡で見られる環境《かんきょう》。

入学当初は他国の王族ということで見世物のようにジロジロと見られる日々が続いた。

慣れない環境、知らない他国の若者たち、何度ナンパまがいのことをされたか分からない。そのような学園生活に戸惑《とまど》っていた頃、ひょんな出会いから可笑しな奴と知り合った。

家から送られてきた高価な花瓶《かびん》を持っていた時に運悪くぶつかってしまった赤毛の少年。

アリシアの世界に強引に入り込んできた侵略者《しんりゃくしゃ》。

「おーい。アリシア。馬なんか連れてどこに行くんだよ」

シューヤ・ニュケルン。

アリシアにとって特別となってしまった男の子。

元気でバカで、いつも水晶《すいしょう》を持ち歩いている不思議な少年。得意の占《うらな》いで小金稼《かせ》ぎに精を出し、借金返済のために頑張《がんば》っている。

アリシアとしてはお金のことはもういいのだけど絶対返すと譲《ゆず》らない、騎士《きし》国家と揶揄《やゆ》されるダリスらしい律儀《りちぎ》な男の子。学園には母国のように従者もいないことから使い走りにはちょうどよく、もう一年の半分ぐらいはパシリにしていたような気がする。

「シューヤ、実はちょっと急な用事が出来て学園の外に出ないといけなくなりましたわ」

「え？　お前、外出届けは出したのか？」

「出してませんけど、問題ありませんわ」

「ふーん、まぁお前は王族だし無理がきくんだろうなぁ。あっ、そうだ。それじゃあ、俺もついて行こうか？」

「え、でも」

「ちょっとお前のことが心配でさ……ほら、最近物騒《ぶっそう》だろ？」

ここ数日、シューヤはどこか可笑しかった。

この前授業を突然休んでどこかに行ってから、何かを思いつめたような顔で学園中を歩いている。何をしているのかと聞いても答えてくれない。

もしかすると、シューヤは学園の異変について何か知っていたのだろうか。

けれど、今となっては確かめようのないことだった。

背後から今も自分の背中に杖《つえ》を突《つ》き立てられているのだから。

闇《やみ》の魔法陣作成の様子、そして鮮《あざ》やかな手並みでアリシアから杖を奪《うば》い取った一切《いっさい》の躊《ちゅう》躇《ちょ》無き動きをアリシアはしっかりと覚えている。

優れた魔法使いであり――闇の世界に生きる者。

「物騒？　まぁ……確かにそうですわね。でもシューヤ。今日、朝の授業に魔法薬学がありましたわよね？　準備が大変って前にぼやいていたのを覚えていますわよ」

「……あっ、やばい魔法薬学の宿題があったの忘れてた！　助かったよアリシア！」

シューヤが慌《あわ》ててその場を去っていく。相変わらずせっかちで単純、しかしそんなシューヤの性格を好ましいと思っているからこそ巻き込むわけにはいかなかった。

「友達思いなのですね。では、その調子でお願いしますねアリシア殿下《でんか》」

「ふんっ……」

そして——見つけた。

クルッシュ魔法学園の長い歴史の中でも類を見ない問題児であり嘗《かつ》ては自分の婚約者《フィアンセ》であった太っちょデブ。

貴族としてはあるまじき立ち居振《ふ》る舞《ま》いとその容姿から付けられたあだ名は豚《ぶた》公爵。

けれどアリシアは覚えている。

神童という名をほしいままにしていたあいつの過去を、アリシアは決して忘れることが出来なかった。

『お初にお目に掛《か》かります殿下。お噂《うわさ》はかねがね。ですがこうやってお会いするのは初めてですね。それではデニング公爵領地は僕が案内しましょう。うちはこの国ダリスで最も安全で、そして危険とも言われています。さぁ、この手をお取り下さい——アリシア殿下』

一縷《いちる》の望みと共に、アリシアは顔をあげたのだった。

●

「ちょっと止まりなさい」

ランニングのペースを維持《いじ》することは重要である。

だって一度足を緩《ゆる》めてしまうとその場に倒《たお》れ込んで休みたくなる衝動《しょうどう》が強くなるからだ。

けれど俺は思わず自分ルールを曲げて足を止めた。

あいつから話しかけてくるなんて珍《めずら》しいことがあるもんだと思ったのだ。このクルッシュ魔《ま》法《ほう》学園では俺と関《かか》わり合いになることを出来るだけ避《さ》けていたあいつが。

「……何だよ、アリシア」

乱れた食生活、呆《あき》れたワガママっぷり、食いしん坊《ぼう》になってから数年もすると立派なオーク予備軍が誕生し、父上は俺を見限った。

アリシアも、母国サーキスタで俺の婚約者《フィアンセ》だったってだけで陰《かげ》でこそこそと嫌《いや》がらせを受けたこともあったらしい。

それなら何でダリスの魔法学園にわざわざ入学したんだよと思うが、それは分からない。こいつがやってきた理由はアニメの中でも明らかになっていなかった。

「まだダイエットしてるんですの？」

「見りゃわかるだろ。ダイエットの基本中の基本、ランニングだよ。でも大分痩《や》せただろ？」

ティナや貧乏《びんぼう》っちゃまに言わせれば、俺は驚異《きょうい》的なペースで痩せているらしい。

俺も毎朝、自室の大きな姿見の前で服を脱《ぬ》いで確認《かくにん》しているのだけど、確かにあの出荷直前の豚状態であった時と比べれば雲泥《うんでい》の差。

二回りは痩せたと胸を張って言う俺をアリシアはゆっくりと爪先《つまさき》から顔まで見上げて言う。

「そうですわね。どうせ気紛《きまぐ》れから始めたダイエット。いつも悪戯《いたずら》をして迷惑《めいわく》を掛けていたスロウがこれだけ継続《けいぞく》出来るなんて、正直言って思いませんでしたわ」

今更《いまさら》アリシアが俺に構う理由は何も無い。

俺は既《すで》にデニング公爵家当主を目指す競争から脱落《だつらく》したと思われているからだ。他国にまで轟《とどろ》く悪評持ちの俺が次代のデニング公爵選定レースに今更割って入るなんて無理無理無理無理のかたつむり。いや、俺の方でもそんな気持ちは一切無いけどさ、デニング公爵家では俺の話題はタブーにされてるぐらいだし。

デニング公爵家当主は伝統的に他国の有力な貴族の娘《むすめ》や王族と結婚《けっこん》し、帝国《ていこく》に対抗《たいこう》するための強固な関係を維持する使命を担っている。

サーキスタの王女の婚約者《フィアンセ》として、これだけ不釣合《ふつりあ》いな貴族もまたいないだろう。

まっ、本当にどうでもいいけどね。

「うるさいな。それよりお前こそ、何か問題でも起こしたのか？　何か顔が引き攣ってるけど。……ははーん、分かったぞ。当ててやろう、どうせ喧嘩《けんか》でもしたんだろ。お詫《わ》びの品として高価な傷薬でもヨーレムの町に買いにいくとこと見た」

「……まあ、そんなとこですわ」

四方を壁《かべ》で囲まれたクルッシュ魔法学園の正門は森の街道に続いており、その先は騎士国家ダリスの南東に位置するヨーレムの町にまで伸《の》びている。

馬を飛ばせば学園から二、三時間の場所にある町で、規模で言えば国内三番目。

週末は町に出かけて町娘をナンパする貴族の生徒もいるって噂だ。

「ていうかお前。馬に乗れないからって職員さんと相乗りかよ、今度はシューヤじゃなくて」

「煩《うるさ》いですわね、私の勝手ですわ。それにスロウ、今までの貴方のほうがよっぽど迷惑を掛けてるってことお忘れ？」

「ま、それもそうか」

「――デニングさん、この辺で。夜遅《よるおそ》くになる前には帰ってこなければいけませんので。さあ、アリシア殿下。行きましょう？」

俺たちの他愛のない会話を学園の職員さんが遮《さえぎ》り言った。

よく見る顔だ。アリシアの言葉通り何度も俺も迷惑をかけたことがある。

「……スロウ。今日は悪い風が学園に吹《ふ》いてるから、気を付けたほうがいいですわ。ほらあなたってデブだから、転んで怪我《けが》をしたら大変よ」

「どこがだよ。夏を感じさせる良い天気、風なんて一つも……。うん、感じないな」

「一応、忠告しときましたわよ、スロウ」

「はいはい。ご忠告ありがとさん。お前の気持ち有り難《がた》く受け取っておくよ。じゃあな、アリシア」

そして、俺は再び走り出す。

すれ違《ちが》いざまに、俺は腰《こし》に手を掛けて——。

●

一歩。

二歩、三歩と歩くにつれて本当に解放されるのかと、不安は次第《しだい》に恐怖《きょうふ》に変わる。

どんどん運動場を歩いていく。

学園の皆《みな》から離《はな》れていく。

この先に進めば、もう元には戻《もど》れない。

どうか。

どうか、どうか。

気付いていて。

杖は奪われた。身体《からだ》を鍛《きた》えてなんかいないし、杖がなければ貴族なんて平民と何も変わらない。

一縷の望みを掛けて、アリシアは振《ふ》り返った。

「……授業中と同じように聞き分けのない王女様だね」

王族でありながら、自分の立ち位置すら理解していないのか。そう思い、背後に立つノーフェイスが苛立《いらだ》った声を上げる。

人質の視線の向こう側には、学園の問題児。

ノーフェイスはせせら笑った。

「あのスロウ・デニングに。豚公爵に一体何が出来ると言うんだい」

それでも、アリシアは振り返った。

どうか。

どうか、どうか気付いていて。

貴方には分かる筈《はず》。貴方にしか分からない秘密の言葉。

そして、彼女の視線の先には。

こちらに杖を構える少年の姿が——見えた。

少年の目元に浮《う》かぶ理知的な光がアリシアを捉《とら》えて離さない。

それじゃあ彼のデビュー戦といこう。

「アリシア」

——何気ない杖の一振《ひとふ》りが奇跡《きせき》の神秘を呼び起こす。

それこそが魔法、目には見えぬ精霊《せいれい》から与《あた》えられたこの世の理。

「二歩下がれ」

ショータイムの始まりはどんな場合であっても唐突《とうとつ》なものが好ましく。

初撃は大きければ大きいほど、鮮烈《せんれつ》なインパクトを与えるものだから。

「ッ」

サーキスタの第二王女がその場を飛び退いたことを確認すると、少年はデニング公爵《こうしやく》家の家紋《かもん》が入った黒杖《こくじよう》を軽やかに振り下ろす。

地面がごうと音を立て、アリシアと職員の二人を分けるように大きな土壁《つちかべ》が顕現《けんげん》する。

十メイルにも届くかと思われる巨大《きよだい》な土塊《つちくれ》が、大国の第二王女と下賤《げせん》な賊《ぞく》を二分した。

パニックに陥《おちい》った馬はたずなを振り払《はら》い、鳴き声を上げて走り去る。

「無詠唱《むえいしょう》でこれほどの土をッ！」

ノーフェイスが驚愕《きょうがく》に目を見開いたのは無理もない。

一瞬《いっしゅん》で眼前に現れた土のモニュメント。

しかし、目の前で起きたあり得ない現実をノーフェイスは何とか飲み込んだ。呆気《あっけ》に取られそうになるが、彼女は百戦連勝の傭兵《ようへい》だ。即座《そくざ》に杖《つえ》を引き抜《ぬ》き詠唱を完了《かんりょう》、運動場の表面から溢《あふ》れ出た水流が土壁を一閃《いっせん》、斜《なな》めに二分され土砂が崩《くず》れ落ちる。

そこからが、始まりだった。

精霊に愛された少年の、どこまでも成り上がる物語の始まりだった。

●

俺には知識がある。

それは『シューヤ・マリオネット』に関するアニメ知識に限った話ではない。

俺がまだ幼かった頃《ころ》、森の中でシャーロットと出会った記憶《きおく》、デニング公爵家で俺が次代公爵となることが確定した時の記憶、優秀《ゆうしゅう》な二人の専属騎士《きし》達と過ごした記憶、そして風の神童から真っ黒豚公爵としてクルッシュ魔法学園にやってくるまでの全《すべ》ての記憶が。

婚約者《フィアンセ》である俺との親睦《しんぼく》を深めるという名目でアリシアは頻繁《ひんぱん》に俺の実家であるデニング公爵領地に遊びに来ていた。

南方四大同盟が一国、大国サーキスタの王女であるアリシアとの婚約が交わされるほど、うちはダリスでも他の追随《ついずい》を許さない大貴族だ。力を付けすぎた故《ゆえ》にダリスからの切《き》り離し工作や独立の誘惑《ゆうわく》等、他国から狙《ねら》われたことも数知れない。

今は北方の超大国《ちょうたいこく》ドストル帝国による南方侵略《しんりゃく》の噂《うわさ》が立つぐらい物騒《ぶっそう》な世。俺たちデニング公爵家は様々な取り組みを水面下で行い、来るべき決戦に備えている。

アリシアはさっきの会話のなかで人を風に喩《たと》えて見せた。

あのような秘密の合言葉もそのうちの一つ。

それにしてもあいつ、よく覚えていたな。

「……もうあんなに遠く……よくも邪魔《じゃま》してくれたね」

目の前でアリシアを脅《おど》していた学園の職員と向かい合う。

俺たちデニングは風の一族と言われるほどに風の魔法に長《た》けている。だからか、人を風に喩えることが多いのだ。

今は晴天の早朝——風などどこにも吹いていない。

「あいつを人質に選んだのは大きな間違いだったな」

脱兎《だっと》の如《ごと》く逃《に》げ出したアリシアは多くのヒントをちりばめてくれた。さすがアニメのメインヒロイン、難局への対応力は伊達《だて》じゃない。

「……貴方達は仲が悪いと思っていたけれど違うのかしら」

けれど俺だって馬鹿《ばか》じゃない。

件の本人を目の前にして、みすみす逃がすような奴《やつ》はデニング失格だ。

「いーや。仲は悪いぜ間違いなく。さっきの会話だって違和《いわ》感バリバリで気持ち悪いくらいだったんだよ」

──俺の目は精霊を映し出す。

闇《やみ》の精霊がお前の周りを飛んでいる。

「ノーフェイス──あいつはな！　俺のことを絶対に豚《ぶた》のスロウって呼ぶんだよッ‼」

そんなこと、闇の魔《ま》法《ほう》で姿を変えるぐらいの大魔法を使わないとありえないッ‼

●

運動場の中心に巨大な土壁が現れ、水の魔法で破《は》壊《かい》されたことで運動場に集まっていた生徒たちはパニックに陥った。もはや平穏《へいおん》などどこにもなく、憩《いこ》いの時間を満喫《まんきつ》していた生徒達は立ち上がり口々に叫《さけ》ぶ。

「な、何だあれ！」

「豚公爵が杖を抜いてるぞ！　あの土の魔法はあいつの仕業！　最近大人しくなったと思ったら次は何をする気だ！」

クルッシュ魔法学園では人に向けた許可の無い殺傷能力の高い魔法は禁止されている。先生方に見つかればただではすまない。

「誰《だれ》か！　先生を呼べ！　あの女、貴族じゃないのにすごい魔法を使っている。間違いなく学園に忍《しの》び込んだ賊だ！」

「退けぇ一年生、俺は軍人志望だ！　森のモンスターを相手にするのは飽《あ》き飽きしていたところなんだよ！」

だが、次々と杖を抜く生徒がそこら中に現れている。それぞれが杖の切っ先を職員の女に向けている。彼らをただの少年と侮《あなど》るなかれ、彼らはれっきとしたダリスの貴族であり、幼い頃からノブレスオブリージュ、騎士国家としての厳格なダリス精神を叩《たた》き込まれて育てられた若者達だ。

それぞれが杖を抜き、職員の女を見据《みす》えている。

「魔法の使えない平民は下がっていろ！　これは俺たち貴族が対処すべき問題だ！」

あの巨大な土壁を水で覆《おお》い尽《つ》くし泥《どろ》に変えようとしてみせるその力。魔法と共に生きてきた彼らは理解していた。そのような強力な魔法、平民では有り得ないことを十二分に理解出来ていたのだ。

職員の女が振るう杖によって空に数十本の氷柱《つらら》や氷槍《ひょうそう》が出現する。

殺傷用としか思えない鋭利《えいり》な魔法。突《つ》き刺《さ》されば軽い怪我《けが》ではすまない氷の棘《とげ》が地上にいる黒金の髪《かみ》を持つ少年に向かって素早く射出される。

「水の魔法使いだ！　注意しろ！」

だが幾本《いくほん》かは風に流され、血気盛んな数人の生徒の目の前に突き刺さる。魔法によって生み出された冷気が彼らの頭に上っていた熱を急速に冷やしていった。魔法演習の授業で彼らが使う魔法とは速度とキレが段違い、野次馬根性《やじうまこんじょう》で運動場に降りてきた生徒達は慌《あわ》てて逃げ出した。

「う、うわあああああああああああああ」

戦意は霧散《むさん》。

頬《ほお》がぱっくりと切れ、ツーと頬から血が流れ落ちた生徒の姿も見えた。

「クソッ！　おい、お前ら何をボサッとしている！　逃げろ！　あれは俺たちの手に負えない！　先生じゃないと、あれは無理だ——ッ！」

「……はぁ、やっちゃったわね。今回はバレないことが何よりも大事だって言われてたのに……。にしても可笑《おか》しいわね、あの子達に向けて撃《う》った魔法なんて無かった筈……」

──風の魔法で氷刃《ひょうじん》の軌道《きどう》を逸《そ》らされた。

そのお陰《かげ》でこちらに寄っていた生徒達が怖《こわ》がり逃げてしまった。人質にするには恰好《かっこう》の存在だったのだが。

「さてと……」

けれど、その場に残った者が一人だけ。

その者は杖を持ち、戦意が削《そ》がれていないのは明白であった。

そう言えば、とノーフェイスは思案する。

豚公爵、スロウ・デニングとサーキスタの姫《ひめ》は嘗《かつ》て婚約《こんやく》という形で繋《つな》がりがあったと聞いている。彼らしか知らない秘密のやり取りがさっきの会話に含《ふく》まれていたのだと見当をつける。

だが、余計な思考はそこでストップ。

ノーフェイスは全神経を目の前の勇気ある少年に集中する。

いつの間にか肌《はだ》に感じる緩《ゆる》やかな風が、少年が貴族の生徒であることを表すマントを揺《ゆ》らしていた。

「あの女！　ただものじゃないぞ！　ロコモコ先生を連れてこい！」

これで侵入《しんにゅう》はバレてしまった。目撃者《もくげき》が大勢いるのだから言い逃《のが》れは出来ない。

サーキスタの姫を人質に取ったのは誤りであることを認める。アリシア・ブラ・ディア・サーキスタという少女はその気性《きしょう》の荒《あら》さと、王族というかけ離《はな》れた身分のせいで仲の良い生徒は多くないことをノーフェイスは知っていた。男の子達からの人気はあるようだが、先程のシューヤ・ニュケルンのように気軽に話しかけるような友人は多くない。

だからこそヨーレムの町まで人質とするには適任だと思ったのだが。

「……クルッシュ魔法学園において、授業以外で人に杖を向けるのは許されていませんよ、ミスタ・デニング」

凶悪《きょうあく》な嗤《わら》い。

確かに不意を突かれたが一体それが何だと言うのだろう。

たとえ数えるのもバカらしいほどの生徒達から杖を向けられようとも、それでもノーフェイスは焦《あせ》らなかった。たかが生徒。森の中に生息する弱いモンスター、大陸に根を張る冒険者《ぼうけん》ギルドが最下級に指定しているようなモンスターを倒《たお》したぐらいではしゃぐような貴族の若造など、彼女にとっては恐《おそ》るるに足《た》らず。今でも運動場の端《はし》まで逃《に》げるほどの腰《こし》抜《ぬ》けだ。

彼女には数多《あまた》の経験がある。

このような魔法学園とは比べものにならない極めて過酷《かこく》な戦場で、敵の野営地に侵入し指揮官を暗殺したことも数えきれないほど。

失敗した仕事は一度も無く、逃げ切れなかった潜伏《せんぷく》先も存在しえない。

故に彼女は伝説として崇《あが》め奉《たてまつ》られていた。

「──ミスタ・デニング？」

しかし、今は少し困った事態に陥《おちい》ってしまった。もはや生徒達は近くに誰もおらず、自分と彼だけが運動場に取り残されている。

問題の少年は杖をこちらに向け、目を閉じていた。

先ほど少年の魔法によって現れた巨大《きょだい》な土壁《つちかべ》は、ノーフェイスが振《ふ》るった杖によってドロドロと溶《と》けていく。地面までも泥状《どろじょう》になり、二人の周囲は沼地《ぬまち》へと急速に変化していった。

「──ミスタ・デニング、聞こえていないんですか？」

ノーフェイスは声を出す。

太った少年が視線の先でようやく瞼《まぶた》を開いた。

「……学園の職員が魔法を使う？　それも俺の魔法を溶かすほどの強力な水の魔法を」

少年は何が可笑しいのか、愉快《ゆかい》だと言わんばかりの笑みを口元にたたえる。

「お前さ、職場を替えた方がいいぜ。魔法が使える平民なら高給で雇《やと》って貰《もら》える。そう、傭兵《ようへい》とかがお勧《すす》めだ」

「傭兵、へえ。いいですね、確かに随分《ずいぶん》と金になりそうです」

ノーフェイスは決して油断しているわけではなかった。

これは只《ただ》の時間稼《かせ》ぎ。既《すで》に杖《つえ》を持った反対の手にはマジックアイテムを忍ばせている。

傭兵、ノーフェイス。

幾多《いくた》の魔道具《まどうぐ》を服の下に備えている。伝説に一切《いっさい》の抜《ぬ》かりは存在しない。

「金が欲しいのか？　でも、残念だな」

「何が残念なのかしら？」

「お前の旅はここで終わり。どんな事情があろうと、この先には進ませない」

「へえ。やってごらんなさい？」

ノーフェイスの服の中から蒸気が発生し、霧《きり》となって一気に空高くまで舞《ま》い上がる。

学園一帯を白い霧が包み込んだ。

「うわ！　何だこれ！」

「痛ッ！　目、痛ッ」

遠巻きにして見守っていた生徒達が目を押さえ、その場に立ち竦《すく》む。

いつも通りの展開は少々退屈《たいくつ》で刺激《しげき》に欠ける。すぐさまこの視界の悪さで動ける者は一人もいなくなるだろう。パニックが学園中に広まれば、あとは人目の無いところで姿を変えるだけ。混乱に乗じて逃《に》げればそれでお終《しま》い。

だが勝利を確信していたノーフェイスの笑みが固まり、即座《そくざ》に消えた。

マジックアイテムによって発生する霧が一陣《いちじん》の風によって霧散したからだ。

「なっ！」

突風《とっぷう》、立っていることすら難しい暴風が運動場を中心に吹《ふ》き荒《あ》れる。

「——悪いけど、想定の範囲《はんい》内ってやつなんだよね」

一瞬《いっしゅん》で景色が再び明るくなる。

強力な風の魔法。荒れ狂《くる》う暴風は少年の杖から引き起こされていた。

「何をしたの！」

「晴天に相応《ふさわ》しい爽《さわ》やかな風を。なあに、そよ風みたいなものだろう？」

「ただの風が私のマジックアイテムを！　一体どれだけの価値があるマジックアイテムだとッ！」

「それじゃあ言い直そうか。ちょっと強い風さ」

「生意気なデニングのガキが！　痛い目に遭ってもらうよ！」

それでもまだ奥の手は幾つも揃《そろ》えている。

陶酔《とうすい》した微笑《びしょう》と共にノーフェイスは杖を振るう。

大気を潤《うるお》す水分が氷結し、鋭《するど》い氷の刃《やいば》が現れる。攻性魔法《こうせいまほう》の切っ先は全《すべ》て一人の少年に向けられ、獲物《えもの》に群がる虫の如《ごと》く飛翔《ひしょう》する。余りにも暴力的な光景に誰もが悲劇を予感し、怯《おび》えた悲鳴を上げる者もいた。

殺人的な魔法の標的となった少年は学園中の嫌《きら》われ者であるが仲間でもあった。

「……何だ。俺、動けるじゃんか。ダイエットは成功だな」

ぽつりと漏《も》れた言葉にノーフェイスの目が驚愕《きょうがく》に見開かれる。

降り注ぐ氷の雨はしかし全て彼の周囲に撃墜《げきつい》。少年の身には傷一つなく、制服には染み一つ付いていない。水を含んで液状化した地面にしっかりとした足で彼は立っていた。

全くの無傷。

ノーフェイスが生み出した魔法は全て彼の周りに着弾《ちゃくだん》していた。

頭の中をカチリと切り替《か》える。多少は情を持ってしまった生徒相手ではなく、明確な敵へとスロウ・デニングをカテゴライズする。

両者は構えた。

一触即発《いっしょくそくはつ》。

運動場の中心に緊張《きんちょう》感が満ちていく。

周りを取り囲む生徒達も何かを察してか、動けない。

ちらりと彼らの様子を確認《かくにん》し、ノーフェイスは内心でほくそえんだ。

魔法を用いた戦いはどのような場合でも彼女にとっては最終手段に過ぎず、あそこにいる生徒達を人質に取ればこの場は容易《たやす》く切り抜けられる――筈《はず》だった。

「――ロコモコ先生ッ！　俺もろともで構いません！」

言葉に対応するように、カンと空が光り輝《かがや》き運動場が半球状の巨大な膜《まく》によって覆《おお》われる。

「これはまさか……――やられたッ！」

辺りを見渡《みわた》すと、運動場の片隅《かたすみ》でこちらに向けて杖を構えるにやついたアフロの姿が見える。

ノーフェイスは舌打ちせずにはいられない。

「王室騎士《ロイヤルナイト》崩《くず》れがッ！」

膨大な魔力《まりょく》の込められた結界、これを崩《くず》すには骨が折れる。

ここへきてようやくノーフェイスは表情を崩した。

逃げられない。

元王室騎士《ロイヤルナイト》、ロコモコ・ハイランドは厄介《やっかい》な相手と言わざるを得ない。まともにやりあって負けるとも思わないが、戦闘《せんとう》において何が起きるかは分からないことをノーフェイスは多くの実践《じっせん》から十分に学んでいた。

「退《ど》きなさい」

それでも頭に浮《う》かび上がる選択肢《せんたくし》は逃走一択《とうそういったく》。

そのために邪魔《じゃま》な相手は目の前の少年。

デニング公爵《こうしゃく》家三男にして、クルッシュ魔法学園に通う第二学年の問題児。

「もう一度言うわ。退きなさい！」

返事はなく、臆《おく》している様子もどこにも見られない。

ただの学生でありながら、自分が何者かも知っているようだった。

蛮勇《ばんゆう》か、無謀《むぼう》か、それとも明確な自信を持っているのか。

だがまだだ。これぐらいの難局、これまで幾《いく》らでも掻《か》い潜《くぐ》ってきた。

「デニングのガキ！　命が惜《お》しければそこを退きな！」

ノーフェイスは杖を向ける。

暴風が結界の中で吹き荒れ、勢いの強さに仰《の》け反りそうになる。

「退かぬのなら──」

遊びは終わり、殺しの時間。

即《すなわ》ち、壮絶《そうぜつ》な打ち合いの始まりだった。

●

ロコモコ・ハイランドは杖を握《にぎ》り締《し》める手に力を込める。

「おいガキ共！　ボサッと見てないで学園長を呼んで来い！　森の中、魔法演習の授業で散々お前らを連れて行ったカッスラ池の畔《ほとり》に爺《じじい》はいる！」

魔断の刃と氷雪の光は、互《たが》いに熾《し》烈《れつ》な激突《げきとつ》を続ける。

絶え間ない攻撃《こうげき》の嵐《あらし》。壮絶な打ち合いを前に結界が今にも破壊《はかい》されそうだった。

「一体あいつらどんだけの魔法を打ってやがる！　この俺が動けねえだとッ!?」

強く強く杖を握り締める。

結界の中では乱れ打つ魔法が次々と結界にぶち当たる。一撃でも外に出し生徒が被弾《ひだん》すれば目も当てられない惨事《さんじ》となることは火を見るよりも明らかだった。

「ガキども！　何をボサッとしてやがる！　逃げねえか！　あの女は賊《ぞく》だ！　今はデニン

グが抑《おさ》えてるが、長くは続かねえぞ！　そしたらテメエら！　殺されるぞ！」

だが、神秘のような光景を前にして生徒たちは誰《だれ》も動かない。

平民の生徒達はロコモコの声に我を取り戻《もど》し逃げ出しているが、貴族の生徒達は動かない。彼らは自分の意思でその場を離《はな》れない。

「ッチ！　ガキの癖《くせ》に一丁前に貴族ぶりやがって！　逃げねえなら杖を持ちその時に備えていろ！　あれは名のある賊だ！　間違《まちが》いなくとんでもねえ懸賞金が懸かってるぞ！」

しかし、そんな生徒達の様子をロコモコはいい傾向《けいこう》だとも思うのだ。もし自分がクルッシュ魔法学園の生徒であった時にあんな光景を見せられれば、たとえ命の危険があろうと動かないだろう。

「逃げる気がねえなら自分の身は自分で守れよガキ共！　お前らが怪我《けが》をしても俺は絶対責任取らねえからなッ！」

元王室騎士《ロイヤルナイト》の作り出した結界の中、二人は一定の距離を取りながら杖を振るう。

一発一発が致命傷《ちめいしょう》。杖の一振《ひとふ》りが生み出す奇跡《きせき》の神秘が削《けず》り合う。

戦いから遠ざかっていたロコモコの血もまた彼らと同じように沸《わ》き立《た》っていた。

何故《なぜ》なら今、結界の中で行われている魔法戦は――。

「……デニングのクソ野郎！　あいつ、とんでもねえ豚《ぶた》を被《かぶ》ってやがったな！――お前もだ！　ニュケルン！　そこを動くな！　爺はそこまでを期待してはいない！」

――元王室騎士《ロイヤルナイト》であるロコモコ・ハイランドの目から見ても紛《まぎ》れも無い実戦、殺し合いだったからだ。

●

そして、そんなロコモコ・ハイランドに言われるまでもなくシューヤ・ニュケルンはそこから先の一歩を踏《ふ》み出す勇気が無かった。

彼もまたこちらに飛んできた氷刃《ひょうじん》に恐《おそ》れをなした生徒の一人だったが、逃げ出すことを良しとせずその場に留《とど》まることを選んだ数少ない者の一人だった。

「……豚《ぶた》公爵はどうして気付けたんだ」

結界の中に閉じ込められたあの女が学園長の言っていた侵入者《しんにゅう》であることは明らかであり、その姿はアリシアの後ろにいた職員の女に違いなく。

「俺が助けなきゃいけなかったのに……」

水晶《すいしょう》を使った占《うらな》いで昼夜を問わず学園のあちこちに顔を出した。

怪《あや》しげな行動をしていた豚公爵の後ろにこっそりと付いていったこともある。だけど、何も分からなかった。そもそもあいつが人気のない草むらで何をしていたのかも分からなかった。

「……くそっ」

俺が気付かなくちゃいけなかったのに。

俺じゃなくてあいつが気付いた。そして、今。あいつが戦っている。

「──すごいな、スロウ様は」

「おいビジョン、お前確かデニングのこと妙《みょう》に詳《くわ》しかったよな。学園長があいつのこと、風の神童とか言ってたけどどういうことだよ」

結界の中で起きている戦いはシューヤ・ニュケルンの次元を遥《はる》かに超《こ》えていた。

左手に水晶、右手に杖《つえ》。何とも奇妙《きみょう》な出で立ちでシューヤ・ニュケルンはその場に立ち尽《つ》くし、戦況《せんきょう》を見守ることしか出来ない。

「……冗談《じょうだん》だろうシューヤ。君、スロウ様の昔を知らないのか？」

風の神童、スロウ・デニング。

何も知らない自分が、無性《むしょう》に悔《くや》しかった。

理解が及《およ》ばない。

今、私は何をしている？

「嘘《うそ》、でしょうッッ！」

有り得ない、有り得ない、在り得ないッ！

そう。あってはならない事態だった。

「あなたはたかが生徒でしょッ！」

自分は紛れも無い歴戦の傭兵《ようへい》だ。

潜入《せんにゅう》、工作、情報、暗殺それらが彼女の専門ではあるが、魔法を用いた戦いにおいても一線級の力を持っている。騎士国家ダリスが誇《ほこ》る白い外套《がいとう》、あの王室騎士《ロイヤルナイト》達が入り交じる戦場においても逃《に》げ延びたことがある。金のために高位冒険《ぼうけん》者の集団に交じり、地中深くのダンジョンに潜りモンスターと死闘《しとう》を演じたことすら記憶《きおく》に新しい。

「串刺し氷《ジャックファイス》」

今回の仕事先、クルッシュ魔法学園において警戒《けいかい》すべきはモロゾフ学園長とロコモコ・ハイランドの二名のみ。それ以外は取るに足らず。

だがその二名を前にしても逃げ出せる自信はあった。

──スロウ・デニングの足元から生える筈の氷の刃《やいば》が出現しない。

「相殺とは生意気なッ！　私がどれほどの修羅場《しゅらば》を潜ってきたと思ってるの！」

殺気は本物。

自分はこの場を逃げるため目の前の太った少年を殺すつもりで魔法を放っている。

「闇よ、かのもの《ブラック・ブラウン》」

「──バレバレ、それにしても随分《ずいぶん》とキレイに杖を振《ふ》るうんだね」

「ッチ」

スロウ・デニングはただの生徒。

しかも落ちこぼれだ。デニング公爵家で更生《こうせい》不可能とされ、クルッシュ魔法学園に送り込まれた出来損ない。

それなのに何故、なぜ、何故だ。

認めよう。スロウ・デニングは確かに魔法の才能はある。あの武闘派《ぶとうは》大貴族、デニング公爵家の一員らしく幼少時に命懸《いのちが》けの戦闘訓練を受けていたのだろう。

確かに生徒の中でも魔法の扱《あつか》いについては群を抜《ぬ》いている。

だが、そんなものは授業においての話だろう？

戦いの中で学ぶべき事柄《ことがら》と授業における魔法は違う。

殺し合いは一瞬《いっしゅん》の油断、一瞬の隙《すき》が勝敗を分ける。

だが、このクソガキは動じない。どれだけ攪乱《かくらん》しても、どれだけ隙を作ってみても引っかからない。

そんなこと、あり得るか？

「否、あっていいわけ……ないでしょうッ!!」

そう、あってはならないことなのだ。

ノーフェイス、彼女がその域に達するまでにどれほど修羅場を潜り抜けてきたと思っているのか。

「流氷《フルール》」

魔法使い同士による戦闘《せんとう》の勝敗を分けるのは正確な魔法操作と言われている。闇雲《やみくも》に十の火球を放つより、一陣《いちじん》の風が杖を持つ手を正確に打ち抜けば勝利は確実。

平民相手であればむやみやたらに放たれる十の火球は有効だが、同じ魔法使いには通じない。そのためにこのクルッシュ魔法学園でも魔法演習の授業で頻繁《ひんぱん》にペアを作らせ、お互いに魔法を打ち合わせる方式を取っている。

そして学ぶのだ。コントロールされていない魔法など恐るるに足《た》らずと。

しかし、とノーフェイスは考える。

魔法使いとしての格が上がれば、魔法のコントロールなど出来て当たり前。どれだけ心を保てるかが大事になる。

だからこそ、ノーフェイスは唇《くちびる》を噛《か》み締める。

「綺麗《きれい》な詠唱《えいしょう》だ。お前さ、もしかして幼い頃《ころ》は貴族だったりしたのかな？」

乱されている。凍《こお》りついた筈《はず》の自分の心が、今だ嘗《かつ》てないほどに乱されている。

「この豚がァ」

苛立《いらだ》ちは魔法操作に直結する。精密なコントロールに陰《かげ》りが出てきている。氷塊《ひょうかい》はスロウ・デニングの脇《わき》をすり抜け、ロコモコ・ハイランドが作り上げた結界にぶち当たり崩壊《ほうかい》した。

「こんなこと、ありえない！」

精霊《せいれい》は好む血に力をもたらすもの。

この場に存在する精霊が全《すべ》て少年に力を貸しているような錯覚《さっかく》にさえ陥《おちい》る。もはや何度杖を振るったかわからない。荒《あら》い息が吐《は》き出される。玉のような汗《あせ》が額から零《こぼ》れ落ちる。

ノーフェイスは魔法戦で息を切らした経験など一度も無かった。

「薔薇《ローゼン》の」

最後の力を振り絞《しぼ》って杖を振るう。

水と闇の二重魔法。

結界の中に極寒の冷気を生み出し、相手そのものを氷漬《こおりづ》けにする大魔法。

「雪化粧《アイアス》ッ」

だが、しかし。

そんなノーフェイスの葛藤《かっとう》ともいえる時間は唐突《とうとつ》に、呆気《あっけ》なく終わりを告げる。彼女が隠《かく》し持っていた予備の杖、最後の一本が一陣の風によって弾《はじ》き飛ばされたからだ。

「――チェックメイトだ、ノーフェイス」

冷酷《れいこく》な瞳《ひとみ》でこちらに杖を突《つ》き付けている生徒の姿。

彼女は正確に把握《はあく》していた。

スロウ・デニングが放った魔法の恐ろしさを。

「命まで取る気はない。姿を解け」

百戦錬磨の傭兵、ノーフェイスは負けを悟《さと》った。

彼女は両手を挙げ――やはり、一瞬で入れ替《か》わる。

端正《たんせい》ではあるが、どこか野性味を感じさせる風貌《ふうぼう》の女性の姿が現れた。

「降参よ」

何故《なぜ》、負けたのか。

脳裏ではぐるぐると自問自答が始まっている。

そして、ノーフェイスは最後に一つの答えに辿《たど》り着いた。

この国に生きる者であるならば、誰《だれ》もが知っている筈だった。

この豚《ぶた》は嘗て——あの大貴族、デニング公爵《こうしやく》家が世界に誇った風の神童であったことを。

●

人ごみを押しのけてようやく現れた人影《ひとかげ》があった。

このクルッシュ魔法学園の学園長を務めるモロゾフが不安に怯《おび》える生徒に連れられやってきた。

「ロコモコ、何があったのじゃ！」

「遅《おせ》えぞ、爺《じじい》！　それに何があっただと？」

いつもの間延びした喋《しゃべ》り方ではない。元王室騎士《ロイヤルナイト》である彼の声にもいささか興奮の色がみてとれた。

「見りゃ分かるだろ、デニングの野郎《やろう》。やりやがった」

ロコモコに促《うなが》され、モロゾフ学園長は運動場の中心に目をやった。

鋭《するど》い刺《さ》し傷《きず》のように抉《えぐ》られた運動場、液状化している地面。時が止まっているかのように固まっている生徒達。特に貴族の生徒までもが沈黙《ちんもく》している状況《じょうきょう》は非常に珍《めずら》しい。

「俺たちが見つけられなかったのも無理はねーよ。あの女、尋常《じんじょう》じゃねえ大物だ」

「……何者じゃ、あの女」

　モロゾフ学園長の視線の先には、首に杖を突きつけた少年と、両手を挙げ降参の意を示した女性の姿。杖を突き立てられている者が只者《ただもの》ではないことは一目瞭然《りょうぜん》であり、彼女が学園に潜《もぐ》っていた侵入《しんにゅう》者であることに疑いは無かった。

　けれど、解せない。あれほど慎重《しんちょう》を極めていた者がこれほど暴れるとは。

「爺。驚《おどろ》いて、心臓とまるんじゃねーぜ」

「馬鹿《ばか》者。いいから、答えよ」

　この場で相当な攻防《こうぼう》が起きた。そもそも結界を維持《いじ》していた様子のロコモコの顔に疲労《ひろう》の色が浮《う》かんでいることが全てを物語っている。

「あの女、姿を変えやがった」

　その言葉が周りの耳にも伝わり、未だショック状態にあった生徒達の多くが頷《うなず》いた。

「なんじゃとっ、闇の魔法による大魔法じゃぞ！」

「爺……伝説の傭兵ってのは意外と俺好みの女だったらしいぞ？」

「……まさかッ」

「ああ、あの女はノーフェイスだよ」

まさかここでその名を聞くことになろうとは。

モロゾフ学園長は天を仰《あお》ぎ、辺りに静寂《せいじゃく》が舞《ま》い戻《もど》る。

学園長でありながら、南方四大同盟の一国。魔導大国《ミネルヴァ》から大魔導士の称号《しょうごう》を与《あた》えられし学園長の存在が停滞《ていたい》に満ちた場を再び始動させる。

「ノーフェイスだ……あれ。ノーフェイスだよ」

誰かの呟《つぶや》きが辺りに響《ひび》き渡《わた》り、固まった時計の針が動き出す。次の瞬間《しゅんかん》。

「聞いたことがあるぞ！　姿を変える顔の無い女、王室騎士《ロイヤルナイト》からも逃げ延びた傭兵だ！」

「あれはノーフェイスだ！　傭兵だ！　金貨五百枚！　とんでもない賞金首だぞ‼」

どよめきがクルッシュ魔法学園を包み込んだ。

空気が一変する。興奮は瞬《またた》く間《ま》に熱狂《ねっきょう》へと色を変える。

歓喜《かんき》に溢《あふ》れた声がそこかしこから上がり始め、それは週末のお祭りを超《こ》える熱気と共に学園中に伝播《でんぱ》した。

「デニングだ！　デニングの豚《ぶた》公爵だ！　あいつが捕《と》らえたぞ‼」

静かな朝休みという時間帯もまたその騒《さわ》ぎに拍車《はくしゃ》を掛《か》けた。

何が起きたとばかりに校舎の中から外を覗《のぞ》いた者は誰もが教室を飛び出した。悲鳴が聞こえ逃げ出していた者も我先にと駆《か》け出した。

祭りだ祭り、よく分からないけど楽しげなイベントが起きたに違《ちが》いない。周囲を森に囲まれた学園内では噂《うわさ》などすぐに伝わるものだ。

「何だ何だ！　何があった！」

「賊《ぞく》が侵入してたみたいだぞ！　それで魔法の打ち合いだ！　授業の準備なんかしてる場合じゃないぞ！」

そこには貴族と平民の区別も無く、誰も彼もが一変した運動場に詰《つ》めかけた。代わり映えのしない毎日にちょっとした刺激《しげき》を。若者の学び舎《や》は娯楽《ごらく》に飢《う》えている。演説のように豚公爵とノーフェイスの戦いぶりを吹聴《ふいちょう》する者がいた。杖《つえ》を軽やかに振り回し、二人の戦いを再現する者もいた。実際に起きた戦いのレベルには程遠《ほどとお》いが、その様子は生徒達を爆《ばく》発《はっ》的な狂乱《きょうらん》に追いやるには十分だった。

「俺は知ってた！　だって豚公爵はデニングだ！　それに風の神童だあいつは！」

「おい見たか今の！　すげえよあいつ！」

件《くだん》の首謀《しゅぼう》者が豚公爵と仇名《あだな》されている彼だと知るやいなや、生徒達は今までのことを忘れたかのように煽《あお》り出した。

「光の魔法で闇の魔法を打ち消してたぞ！」

「あいつ闇の魔法も魔法演習の授業で使っていたのを見たことがあるぞ！」

そんな生徒達の声を一切《いっさい》気にしていない様子で少年は女に杖を突き付けている。嘗ての豚ではない。二回りは痩《や》せた少年がいる。

学園の者達は知っていた。彼がダイエットに励《はげ》んでいることを。

皆《みな》の眼に映っていたのはもはや嘗ての豚公爵ではなく、デニングの少年。真っ黒から真っ白へと変貌《へんぼう》した彼を確認《かくにん》したのはクルッシュ魔法《まほう》学園で共に生活する生徒達であった。

「噂は本当だった！　豚公爵は二重属性や三重属性の魔法使いどころじゃない！」

さぁ、成り上がりの鐘《かね》を鳴らそう。

神童から落ちこぼれた若鷹《わかたか》は、再び大空へと高く舞い上がる。

「あいつは全属性の魔法使い――」

ファーストインパクトは成功した。

この日ダリスの学び舎で一つの伝説に終止符《しゅうしふ》が打たれたのだから。

「――エレメンタルマスターだッ！」

そんな光景を『シューヤ・マリオネット』の輝《かがや》かしいメインヒロイン。

水都の姫《ひめ》は信じられないといった面持ちで見つめることしか出来なかった。

終章　豚公爵に転生したから、今度は君に好きと言いたい

手筈《てはず》通り森の中に己《おのれ》を除く王室騎士《ロイヤルナイト》数人を待機させ、王室騎士団《ロイヤルナイツ》に所属する花の騎士オリバーは堂々とクルッシュ魔法学園への唯一《ゆいいつ》の入り口である正門を潜《くぐ》った。

思い出深い光景が視界一杯《いっぱい》に広がると同時に異変に気付く。

見慣れる者がいても注目されない一日の始まり。わざわざ平民業者の出入りが激しい朝方を目処に到着したというのに、いやに浮足立っている者達が目についたのだ。

「運動場に急げ！　豚公爵が何かやらかしたらしいぞ！」

「賊はもう捕《とら》えられたって話だ！　見に行こう！」

まるで授業を全《すべ》て終え、解放された生徒で溢れる夕刻時の放課後のよう。さらにメイド達まで箒《ほうき》を持つ手を休めて固まりになり、何か興奮した様子で囁《ささや》き合っている。

目に映るのは校舎から飛び出してくる貴族、平民生徒入り乱れての大移動。

「あいつすげえよ豚公爵！　だからお前らも来いって！　どっちみち今日の授業は全部無くなった！　運動場が液状化してるんだって、だから嘘《うそ》じゃない！」

「ねぇ聞いた！　あのお貴族様がすごいことしたんだって！　あの人だよ、水の秘薬を私たちにくれた人！　太っちょお貴族様だよ！」

豚公爵だ、豚公爵だと叫《さけ》ぶ生徒達の流れが大聖堂や運動場といった主要施設が配置される学園中心部に向かっている。

オリバーとて嘗《かつ》てはクルッシュ魔法学園に通っていた過去を持つ男だ。

クルッシュ魔法学園の思い出を語れば数日は夜が明かせるほどであり、普段《ふだん》王宮にてダリス王室の警護をしている彼にしてみれば、今回の任務は里帰りのようで些《いささ》か楽しみに感じていたことは否定しない。

人の皮を被《かぶ》った獣《けもの》による騙《だま》し合いが日夜行われている彼の仕事場。王宮に比べれば学園は遥《はる》かに騒がしいとはいえ心落ち着く場所だろうと予想していた。

それ故《ゆえ》にあの学び舎に曲者《くせもの》侵入など到底《とうてい》許せるものではないと、花の騎士オリバーは義《ぎ》憤《ふん》に駆られていたのだが。

この騒ぎは一体どういうことだ。

よく見れば学生時代に自分を教えていた先生方までが校舎の外で何かを話し合っているではないか。

オリバーは変装のために被っていた帽子《ぼうし》を取り、誰《だれ》かに事情を聞こうと話しかけようとして、足を止めた。

教員棟《とう》の最上階が指定された待ち合わせ場所。そこで詳《くわ》しい事情を情報提供者から伺《うかが》う予定であったが、運動場の端《はし》で何やら生徒と話し合っている様子の学園長の姿を見れば、任務に対しては忠実なオリバーとはいえ予定を変更《へんこう》し向かわざるをえないのだった。

「モロゾフ学園長！　この騒ぎは一体何なのですッ！」

「君は……？　……ほうっ、これは花の騎士オリバー！　変装も随分《ずいぶん》と様になっておるのう。それにしても枢機卿《すうききょう》も君のような誉《ほま》れ高き騎士を派遣《はけん》してくれるとは！　これは奴《やつ》に借りが出来たの！　それで、君一人かの？」

「いえ、他の者は学園を囲む森の中に待機させております。それでこの騒ぎは一体！　聞こえる声に耳を澄《す》ませば何やら大捕物《おおとりもの》があったとか。しかも獲物《えもの》はあの顔の無い女、ノーフェイス！」

「さすがは王室騎士《ロイヤルナイト》、状況判断は的確じゃのう。ほれ、あそこに見えるか？　昔の君の同《どう》僚《りょう》のそばにいる女。あれがノーフェイスじゃよ」

昔の同僚と聞いて、オリバーが目を瞠《みは》る。

爆発したアフロ頭とどこのバカンスだと言わんばかりの黒シャツを着こんだ男が一人の女を魔法で縛《しば》り上げ、拘束《こうそく》していた。

ハイランド伯爵《はくしゃく》家の末っ子。王室騎士《ロイヤルナイト》でありながら職を辞し、クルッシュ魔法学園の教師として赴任《ふにん》した異端《いたん》の男。

嘗ての同僚、ロコモコ・ハイランド。

あいつが王室騎士《ロイヤルナイト》を辞《や》め教師になると言った時は酒の飲み過ぎでついに気が狂《くる》ったのかと思ったぐらいだ。

「御冗談《ごじょうだん》を。あの不器用なロコモコがノーフェイスを捕《つか》まえたなど。王室騎士《ロイヤルナイト》時代のあいつを知っておりますが、ありえない」

「ロコモコではない。もしあやつが捕まえたなら今頃《いまごろ》生徒と一緒《いっしょ》になって騒いどるじゃろう。見なさい、あのつまらなそうな顔を。折角のご馳走《ちそう》を寸前で横から掻《か》っ攫《さら》われたかのような顔をしておる」

「では誰が。ノーフェイスは我ら王室騎士《ロイヤルナイト》ですら捕まえきれなかった仇敵《きゅうてき》……まさかモロゾフ学園長が王室騎士《ロイヤルナイト》に推薦《すいせん》されると噂のラズベリ伯爵の秘蔵《ひぞう》っ子《こ》か！」

「オリバー、いやオリバー卿《きょう》。確かに君の言う彼は優秀《ゆうしゅう》な魔法使いではあるが、闇《やみ》に生きる傭兵《ようへい》を捕らえる力がないことなど実戦を学んだ君が一番知っているじゃろう」

「では一体誰だと言うのですか！　顔の無い女ノーフェイス、奴に辛酸《しんさん》を舐《な》めさせられた貴族は数知れず、金貨五百枚の賞金首を捕らえられる者がこの学園にいるとは信じられませんが」

「ノーフェイスを捕らえたのは彼じゃよ。ほれ、見えるじゃろう？　あそこの中の、一際《ひときわ》丸い少年が」

モロゾフ学園長は指し示す。

シワの刻まれた指先がロコモコを飛《と》び越《こ》えて運動場の中心地に集まっている生徒の一団を示していた。

オリバーが目を凝《こ》らせば、輪の中心には一人の生徒がいることが確認できる。周りの少年少女と比べれば一回り二回り、いや三回りは大きな少年だ。マントを羽織っているということは貴族の生徒なのだろう。

だが、見覚えがない。

ちょうどそんな恰幅《かっぷく》のいい少年に向かって亜麻色《あまいろ》の髪《かみ》を持つ大層可愛《かわい》らしい少女が何かを叫んで伝えていた。

「ほお、花の騎士オリバー卿でも気付かんか。なるほどなるほど、彼が行ったダイエットの成果は上々といったところじゃのう」

「モロゾフ殿《どの》、我ら王室騎士《ロイヤルナイト》を愚弄《ぐろう》するのはひいてはダリス王室に対するのと同義。かの者の名を教えられよ」

「これはこれは。君も王室騎士《ロイヤルナイト》となり、ダリス王室の守護者になったようじゃな」

「モロゾフ学園長ッ」

「デニングじゃよ」

「ッ……ご冗談《じょうだん》を。今のデニング公爵家の教育方針は現場至上主義。クルッシュ魔法学園にデニング公爵家は子息を送らない」

「それが一人だけおるのじゃよ。クルッシュ魔法学園で学ぶデニングの若き風が。そうじゃな、堕《お》ちた風の神童と言えば君でも分かるじゃろう?」

オリバーはもう一度生徒達を見ては顔を強張《こわば》らせた。

デニングの若き風。

クルッシュ魔法学園に追放された少年の話題は一時、王室騎士団《ロイヤルナイツ》でも話題になったから記憶《きおく》に残っていた。

だが、ちょっと待て。

「スロウ・デニングじゃよ、あの子は」

堕ちた風の神童、スロウ・デニング。

ダリスではその名を知らぬ貴族などいないだろう。

嘗てはダリスの未来を担《にな》うとまで賞賛された神童の名であり、落ちぶれたデニングの忌《い》まわしき豚《ぶた》の名前でもあった。

「両翼《りょうよく》の翼《つばさ》、デニングの家紋《かもん》入りの黒杖《こくじょう》……まさか本当に彼が堕ちた風の神童、スロウ・デニングだと？　噂《うわさ》では彼は人間の皮を被った食欲旺盛《おうせい》なオークになってしまったと――」

モロゾフ学園長がゆっくりと頷《うなず》くと、花の騎士オリバーは言葉を失った。

ダリスに風が吹《ふ》き荒《あ》れる。

風の神童の帰還《きかん》はこの国の未来を左右すると、彼はそう確信したからだ。

●

ふぅー、疲《つか》れたぶひよー。

時刻は昼下がりから一気に夕方近くに差しかかっている。

あの偉《えら》そうな王室騎士《ロイヤルナイト》にまで一から経緯《けいい》を説明する羽目になりそうだったのだ。俺の腹がでっかくぐ～と鳴らなければ夜まで拘束されることになっていただろう。

ロコモコ先生からは恨《うら》み節を言われつつ褒《ほ》められ、学園の皆《みな》からは惜《お》しみない称賛《しょうさん》を頂いた。

身体《からだ》がむずがゆい、こんなの俺じゃないって。叱《しか》られたり呆《あき》れられたほうがやりやすい。だって俺は少し前までは真っ黒豚公爵だったのだ。誰からも嫌《きら》われ、居場所の無い豚だった。日の当たらないジメジメした所を好むナメクジみたいな俺が、突然《とつぜん》ヒーローになった。

ジェットコースターみたいな人生だ。

「ぶっひぃ〜。お？　この匂《にお》いは。すんすん」

男子寮《りょう》四階、自室の部屋へと繋《つな》がるドアを開けると良い匂いが俺の腹を直撃《ちょくげき》する。あ、また腹が鳴った。

リビングの机の上には料理が並べられている。それも見事に俺の好物ばかり。

誰がこんな気の利《き》いた真似《まね》をって考えるまでもないか。

外を見渡《みわた》せるおっきな窓の前にシャーロットがいた。

椅子《いす》を窓の傍《そば》に移動させ、外でも眺《なが》めていたんだろうか。でも気持ちは分かるよ。俺の部屋から見える景色は絶景だからな。

……。

シャーロットの瞼《まぶた》は閉じられていた。こっくりこっくりしながら、膝《ひざ》の上にシャーロットが飼っているペットの黒い猫《ねこ》を乗せて彼女は気持ちよさそうに眠《ねむ》っていた。

「……」

本来行われる筈《はず》だった昼からの授業は全《すべ》て中止。

それを聞いた生徒は皆喜びに溢《あふ》れ、ドロドロになった運動場で遊んでいたり、ノーフェイスや俺の魔法《まほう》を再現するために魔法をぶっ放している。

けれどシャーロットは外の喧騒《けんそう》なんて一切《いっさい》知らないような無垢《むく》な寝《ね》顔《がお》を俺の部屋で晒《さら》していた。

窓の縁《へり》には丸められ、一枚の紐《ひも》で括《くく》られた羊皮紙が置かれている。何度も書き直したのか床《ゆか》には数枚の羊皮紙が散らばっている。

そういえば俺の活躍《かつやく》を詳細《しょうさい》に書いて公爵家に送るんだって言ってたっけ。まぁ俺がシャーロットに武勇伝を語っている最中、あの王室騎士《ロイヤルナイト》に呼び出されて夕方までにも及《およ》ぶ尋問《じんもん》を受けていたわけだけど。ちゃんと書き終わったんだろうか。

「……むにゃ。……あ。スロウ様……」

夕日に照らされていた横顔、瞼が少しずつ開いていく。

勿体《もったい》ない、その姿は絵画の中から抜《ぬ》け出《だ》してきたような光景で、もう少しだけ見つめていたかったんだ。

「ごめん、起こしちゃったね」

「……起こしてくれたらよかったのに……あ。それよりスロウ様、私。書き上げましたよ、一部始終を見ていた人にスロウ様がどんな魔法を使ったか聞いたんです」

嫌われ豚公爵の従者を務めてくれた愛《いと》しい人。シャーロットは俺の武勇伝をまるで自分のことのように誇《ほこ》ってくれた。

「今日はご馳走です。本当は自分で作ってみようとも思ったんですけど、ほら私って料理下手じゃないですか」

シャーロットはまだ眠たいのか目をこすり、はにかみながら言った。てへへと笑う君を見て、疲れは一気に吹き飛んだ。

「こういう時だけは、ダイエットを気にせずに沢山《たくさん》食べてもいいんじゃないかなって私、思うんです。それに私ずっと厨房《ちゅうぼう》で働いてましたから料理長とは仲がいいんです。お願いしたら快く作ってくれました」

なるほど。どっからどう見てもプロの業《わざ》だと思ったよ。

「……よいしょっと、すぐに食べられるように準備をしますね、お祝いですからって――きゃっ」

立ち上がると同時にすってんころりん。あははと笑いながら、シャーロットは恥《は》ずかしそうに、転んじゃいましたと舌を出す。

「やだなぁ。私ってほんとドジですね……折角スロウ様のお祝いなのに」

乾《かわ》いた笑いのを残し、シャーロットは食器を棚《たな》から出し始めた。

けど──

「痛っ」

──手元が狂ったのか、食器を落とす。

床に散らばる割れた破片を見て、シャーロットは俺に向かって頭を下げた。

「ご、ごめんなさいスロウ様。すぐに片付けますから」

「いや、気にしないで」

慌《あわ》てて片付けだしたシャーロットを見て──俺はすぐさま異変に気付いた。

そわそわとして落ち着かず、瞬《まばた》きの回数も異常に多いし俺の目をシャーロットは決して見ようとしない。

ずっと一緒にいたからよく分かる。

あれは感情を読み取られたくないっていうメッセージ。

初めて出会ったあの日から十年近い日々、毎日シャーロットの姿を見続けた俺だから分かるんだ。

「シャーロット」

「な、なんですか？　スロウ様」

窓の傍。

少し前までシャーロットが座っていた椅子の上で、デブい黒猫《くろねこ》がじっと俺を見つめている。

「とんでもない賊《ぞく》が入り込んでたなんて言われてるけど、正直言ってその辺の泥棒《どろぼう》みたいなもんさ。暫《しばら》くは騒《さわ》がしいかもしれないけど、数日も経《た》てばいつもの生活が戻《もど》ってくる」

嘘《うそ》だ。

ノーフェイスは強かった。

正直言って怪我《けが》人が一人も出なかったのは奇跡《きせき》といってもいい。あの時抜群《ばつぐん》のタイミングでロコモコ先生が現れなければ、アリシアが機転を利かせて俺を打ち明ける相手に選んでいなかったら……きっと恐《おそ》ろしいことになっていただろう。

「大丈夫《だいじょうぶ》だよ、シャーロット」

「な、何がですか、スロウ様」

ただの気休め、そんなことは分かっている。

「恐《こわ》がる必要なんてないってことさ。クルッシュ魔法学園はいつも通り安全で、明日もきっといつも通りの毎日がやってくる」

俺の慰《なぐさ》めとも言えないただ口から出ただけの言葉を聞いて、シャーロットは一瞬《いっしゅん》身体を硬直《こうちょく》させ、それから脱力《だつりょく》し力なく笑った。

「……どうして分かったんですか？」

あははと笑いながら、けれどシャーロットは否定しなかった。

それから力を失ったかのようにへなへなとその場にしゃがみこんで、はぁーと小さく息《いき》を吐《は》き出した。そのまま上目遣《うわめづか》いで俺を見る。

「そりゃあ分かるよ。俺たちはもう何年の付き合いになると思ってるのさ。シャーロットが怖《こわ》がりってことはずっと昔から知ってるよ」

「……そうですね。スロウ様が私を助けてくれて、デニング公爵家お抱《かか》えの、スロウ様専属の従者にしてくれてから随分《ずいぶん》と経ちましたもんね」

「そうさ。一瞬のように感じるけどとっても長い時が過ぎてるんだ」

シャーロットの瞳《ひとみ》が僅《わず》かに揺《ゆ》れる。

太陽が遠くの山々の向こう側に沈《しず》みかけ、最後の灯火《ともしび》と言うべき光がシャーロットの白い頬《ほお》を照らしていた。

「だから分かるよ。シャーロットが怖がってることぐらい、お見通しさ」

「何だ。バレバレなんですね……私」

そしてやっぱり、力無く笑うのだった。

「どうしてだろう、とっても怖いんです。スロウ様が折角大活躍したのに……お祝いしなきゃいけないのに……怖いんです」

シャーロットの眼には言葉通り喜びは無く、不安と恐怖《きょうふ》に怯《おび》えていた。

まるで俺たちが初めて出会ったあの頃《ころ》のように。

「この学園は安全だと思ってました……私は生徒じゃないですけど、友達もあんまりいないですけど、それでも楽しい時間を過ごしてました」

幼い頃、シャーロットはデニング公爵《こうしやく》家に引き取られてからも眠れぬ夜が続いていた。

モンスターが迫ってくるとか、パパも逃《に》げてとか、幼い子どもが言うには悲しすぎる寝言《ねごと》を毎日俺は聞いていた。

そんなシャーロットの心の傷を癒《いや》すために俺も随分と頑張《がんば》り、そしてようやく俺たちは辿《たど》り着いた筈だった。

大いなる自由を愛する、この魔法学園に。

俺の考え通り、クルッシュ魔法学園は俺だけじゃなく、シャーロットにとっても心休まる場所だったみたいだ。

「でも、とっても恐ろしい人が忍《しの》び込んでいたって聞いて、アリシア様を人質に取ったって聞いて……安全な場所なんてどこにもないんだなって分かったんです。あはは、スロウ様にこんなこと言っても仕方ないのに……私。どうしちゃったんだろう。こんなの、私らしくないですよね……」

「そんなことないよ」

「……ねぇスロウ様」

滅《ほろ》びた国の王女としての過去を持つ故《ゆえ》にシャーロットは幸せはいつか壊《こわ》れるものと思っている。

そんな彼女の問いに答える術《すべ》を俺は持たない。

だって、俺は彼女の本当の過去を、ずっと知らない振《ふ》りをし続けてきたのだから。

アニメの中の真っ黒豚公爵はシャーロットの素性《すじょう》と自分の気持ちを誰《だれ》にも明かさずに最後まで胸に隠《かく》し続けた。

『シューヤ・マリオネット』は主人公たるシューヤ・ニュケルンが火の大精霊《せいれい》と共に世界を救う物語であるのと同時に、真っ黒豚公爵スロウ・デニングがたった一人で戦い続けた悲哀《ひあい》のストーリー。

「もし私が、アリシア様みたいに捕《つか》まったら――」

瞳に不安の色が見え隠れする。

シャーロットは今はモンスターの楽園となってしまった大国ヒュージャックのお姫様《ひめさま》。

もし素性がばれたら厄介《やっかい》な目に遭《あ》うことは間違《まちが》いなく、そして彼女はもはや王女としての過去と決別している。

「――助けてくれましたか？」

シャーロット・リリィ・ヒュージャックは不安に揺れている。

そんな彼女を放っておいた俺は、自分を深く恥じた。

俺は浮《う》かれていた。

学園に潜《ひそ》んでいた奴《やつ》を捕まえて学園長や先生方に褒《ほ》められて、いつもは呪《のろ》われるーとか言う奴らが手のひら返してチヤホヤしてきて、俺は自分のことしか考えていなかった。

一番大事な人のことを忘れていた。

「助けるよ」

はぁ、やっぱり俺ってバカだ。

ダメダメな豚野郎《ぶたやろう》だ。

何にも変わっちゃいない。

「シャーロットが悪い奴に捕まってると分かったら何を失っても助けに行くよ」

騎士《きし》国家ダリスの剣《けん》とも呼ばれ、国の軍事を司《つかさど》る大貴族デニング公爵家。

デニングとして上り詰《つ》めるということは戦いの毎日に身を置かなければならないということだ。

デニングの従者に求められる資質は何より魔法《まほう》。

俺が高みに上れば上るほど、従者にも高い資質が求められる。

自分の力を最大限発揮すれば、俺はシャーロットと一緒《いっしょ》にはいられない。だって彼女はデニング公爵家の従者であり俺の専属であるが、その能力はお世辞にも高いとは言えない。

けれど、そんなことはもうどうでもいい。

「美味《おい》しそうな料理が山盛りでもですか？　世界一の料理人が作った料理が目の前にあってもですか？」

何やら比較《ひかく》対象が可笑《おか》しいけれど、それはシャーロットなりに場を明るくしようという気遣《きづか》いなんだろう。

そんないじらしい姿を見て、やっぱり俺は思うんだ。

滅びた大国のお姫様。

俺の大事な従者であり、かなりどじっ子な優《やさ》しい子。

君が好きだ、シャーロット・リリィ・ヒュージャック。

「約束する」

俺は決意する。

固《かた》く硬く、心に刻む。

「世界中の料理が相手でも負けないよ」

俺だけが知っている。

『シューヤ・マリオネット』に纏《まつ》わるアニメ知識が俺に未来を教えてくれる。

「だってシャーロットはこんな俺に付いてきてくれた従者だ。どんな時でも俺のそばにいてくれた」

世界はこの先、狂乱《きょうらん》に包まれる。

北方のドストル帝国《ていこく》が、ありもしないマジックアイテムを求める闇《やみ》の大精霊が、生きるための場所を求めるモンスターが、南方四大同盟の盟主たらんとするダリスが、過去に傷を負ったシューヤ・ニュケルンが、それぞれが起こす未来を俺は知っている。

そんな未来の中では、怖がりなシャーロットの不安が晴れる日はきっと来ないだろう。

「ずっと感謝しているし、これからもずっと傍《そば》にいてほしいって思ってる」

ノーフェイスとの戦いを通じて、俺は確信した。

俺には、力がある。

嘗《かつ》て風の神童と呼ばれた過去を汚《けが》さない、あの時よりも遥《はる》かに増した力がある。

だから、やれるはずだ。

「デニング公爵家《こうしやく》では魔法がヘタッピな従者はいらないとか、色々なこと言われているけど、俺はそんなことはどうでもいいんだ」

シャーロットは目をぱちぱちと瞬《またた》かせ、床《ゆか》に涙《なみだ》が一滴《ひとしずく》ぽとりと落ちた。

俺の大切な従者の君をこれ以上不安がらせないように、この気持ちを伝えることから始めよう。

真っ黒豚《ぶた》公爵は生涯《しようがい》気持ちを伝えなかったけれど、俺はそんな未来はごめんだ。

「俺にとってはどんな料理よりも」

何も伝えられずに終わった物語は自分の意思で終わらせる。

もう俺は迷わない。だって何度でも……何度でも、チャンスはあった筈《はず》なんだ。

『シューヤ・マリオネット』の世界で、俺は。真っ黒豚公爵は全《すべ》てを終わらせてから胸の内に秘める思いを伝えようとしたんだろう。

けれど悲哀で終わった後悔《こうかい》は――夢の彼方《かなた》に置いていく。

「シャーロット、君が一番――俺の大事な人なんだ」

俺の新しい未来はここから始めたいと思うから。

今度は君に好きだと伝える。

「だから、心配なんてしないで欲しいんだ」

伝えておきたい思いがあって、覚えていてほしい言葉がある。

偽《いつわ》りなく、素直な気持ちを声に乗せる。思いが成就《じょうじゅ》しなくとも構わない。

「何があろうと君は俺が守るし、シャーロットがピンチにならないようこの先もずっと傍にいる。この美味《おい》しそうな料理長の料理に誓《ちか》うよ」

「……へぁ？」

俺の真心込めた一撃《いちげき》に対して返ってきたのは余りにも間抜《まぬ》けすぎる声だった。

俺がよく口にするぶっひーみたいな声がシャーロットの口から漏《も》れていた。

「シャーロット。今のへぁ？　って何？」

ぽかーんとした間抜け顔を披露《ひろう》しているシャーロット。もう十年近く一緒にいるのに初めて見るレア顔だった。

何だ。

こんなに一緒にいても知らないシャーロットの顔があったのかと新鮮《しんせん》な発見に少しだけ感動した。

「はわ、はわわわあ」

シャーロットは頬に両手を寄せてすくっと立ち上がり、顔を真っ赤にして走り出す。

行き先はどうやら俺の部屋のどこかではないらしい。ドアをバタンと開け、暗い廊下《ろうか》の先に消えてしまった。

「……ぶひぃ」

中々上手《うま》くはいかないもんだ。

けれど心の中はやりきった思いで一杯《いっぱい》だった。

気持ちを伝えることがこれほど爽《さわ》やかなものだとは知らなかった。


シャーロットがいなくなると俺の部屋は随分《ずいぶん》と静かになる。

「なぁ……寝《ね》てるふりしてずっと聞いてたんだろ？」

俺は沈黙《ちんもく》を破るようにして、誰にともなく呟《つぶや》いた。

すると部屋の中にいた第三者ならぬ黒猫《くろねこ》が鳴き声を上げる。

シャーロットがペットとして飼っている黒猫だ。傭兵《ようへい》がクルッシュ魔法学園に侵入《しんにゅう》していることを知って不安に思ったシャーロットが連れてきたんだろう。

けれど、俺は知っている。

こいつはただの猫じゃない、ましてやペットなんていう存在からは程遠《ほどとお》い。

耳をピンと立たせ、少しだけ瞼《まぶた》を開いたその姿はまさに猫以外の何者でもないけれど。

シャーロットがアルちゃんアルちゃんと可愛《かわい》がっている黒猫の正体は――。

「アルトアンジュ。お前は怒《おこ》るかもしれないけど」

――滅ぼされしシャーロットの故郷を守護していた風の大精霊。

世界中で敬われ恐《おそ》れられている超常《ちようじよう》の存在に向かって、俺ははっきりと宣言する。

「俺は豚《ぶた》をやめようと思うんだ」

『シューヤ・マリオネット』の知識はまさに、新たな未来への道標。

あの知識を使えば案外世界は簡単に救えるのかもしれないと思うから、俺はアニメとは異なるやり方で彼女を守ろうと思うんだ。

「でもそれはお前との約束を破るわけじゃない。俺にとってシャーロットはとても大切な人で――」

「――スロウ」

風の大精霊さんは俺の声を遮《さえぎ》るように言葉を発した。

久しぶりに聞く風の大精霊さんの声は俺が想像するよりも温かかった。

「この十年。人間にとっては決して短くはない時間、お前のことをずっと見ていたにゃあ。気の毒に思ったこともあったにゃあ、地位も名誉《めいよ》も友人もお前はシャーロットのために全部失ったにゃあ」

豚を演じることで、俺はシャーロット以外の全てを失った。婚約者《フィアンセ》であるアリシア・ブラ・ディア・サーキスタ。両親からの信頼《しんらい》。デニング公爵となる輝《かがや》かしい未来。家族ともいえた二人の専属騎士や領民からの信頼全てを。

俺は風の神童から真っ黒豚公爵へと真っ逆さまに墜《お》ち、俺の悪評はデニング公爵家の恥《ち》部《ぶ》として他国にも広がっている。どうすればあのような豚が出来上がるのかなんて言われているくらいだ。

「それでも、にゃあの方から言い出すことは出来なかったにゃあ。シャーロットと一緒に居《い》心地《ごこち》のよすぎる生活をしてぐーたらするのは楽しかったからだにゃあ」

「……何だよその理由。まあ。風の大精霊《せいれい》さんもデブったもんね。誰《だれ》もこんな豚猫が大精霊なんて思わないよ」

「それは言わないお約束にゃあ」

「ごめんごめん」

恐怖《きょうふ》に支配された幼い頃《ころ》のシャーロットが少しずつ自分を取り戻《もど》していったように、怒《いか》りに染まった風の大精霊さんも家猫のように落ち着きを取り戻していった。

「お前には感謝してるにゃあ。あの時、デニング公爵領地に逃《に》げようと言ったにゃあの判断に間違《まちが》いは無かったにゃあ」

そんな有り難い風の大精霊さんの話は長く続かない。

部屋の外から廊下を踏《ふ》みしめて走ってくる誰かの足音が聞こえてきたからだ。

「スロウ、お前の覚悟《かくご》は十分に見せてもらったにゃあ。これからはお前の好きなようにするといいにゃあ」

「アルトアンジュ――」

「にゃあは寝るにゃあ。今日は良い風が吹《ふ》いてるにゃあ」

俺は嘆息《たんそく》する。ドッと肩《かた》から大きな重みが下りたような気がした。

風の大精霊さんはそう言うと、窓際に置かれた椅子《いす》の上で再び瞼を閉じる。猫の本能がそうさせるのか、この部屋で一番気持ちのいい場所を見つける力を風の大精霊さんは持っているらしい。

こいつと初めて出会った頃を思い出すと苦笑せずにはいられない。

世界を滅《ほろ》ぼしてやるとあれほど怒り狂《くる》っていた姿はどこにもないんだから。風の大精霊さんは豚になった俺と同じように、嘗ての牙《きば》を失ってしまったようだった。

「スロウ様！　私も言いたいことがあります！」

予想通り足音の正体は彼女だった。

けれど先ほどまでの悲壮感《ひそう》は消えており、いつもの元気なシャーロットに様変わり。そんな愛すべき君を前にして、俺は万感《ばんかん》の思いでその心地よい声に耳《みみ》を傾《かたむ》ける。

「私もずっとスロウ様の傍にいますっ、そして守ってもらいます！」

吹っ切れたような勢いだった。

「だって私、スロウ様の従者ですから！　魔法《まほう》は下手ですけど、これから成長します。テイナさんに教えたみたいに私にもまた教えて下さい！」

俺の告白に込めた思いが本当の意味で彼女に届いていたのかは分からない。

けれど、これでいいんだろう。

永遠に胸に秘めてるだけだったこの思いを少しでも君に伝えることが出来て、俺は何とも誇《ほこ》らしい気持ちで一杯だ。

「それでですねスロウ様、これが何か分かりますか？」

「制服……でしょ？」

窓の外では太陽が沈《しず》み、暗い夜の時間がやってこようとしている。

きっと明日は今日よりも素晴《すば》らしい一日になると根拠《こんきょ》もなく確信するほどに俺の心は明るく満ちていた。

「制服なのは正解ですけどこれは何と既製《きせい》サイズの制服なんですよっ、お店で扱《あつか》っている一番おっきなサイズですけど、もう特注じゃないんですよスロウ様！」

地位も名誉も欲しくない。

ただ俺は君と一緒《いっしょ》にいたいだけ。

だから少しずつ伝えていくよ。

「つまりスロウ様の体形は一般《いっぱん》的ってことです！　おめでとうございますっ！」

従者としてではなく、一人の女の子として君のことが大好きだってことを。

「そしてこれは何と何と何と！　新しい痩《や》せ薬です、さあ今すぐ飲んでください！　痩せて、皆《みな》を見返すんです！　スロウ様の成り上がりの始まりです！　学園の皆だけじゃなくてデニング公爵家の方々にも見せつけてやるんです！」

シャーロットの勢いに押され、俺は渡《わた》された瓶《びん》の口をカパッと開く。

すると何とも言えない生臭《なまぐさ》い臭いが室内に充満《じゅうまん》した。

「ふっっっにゃあっっああああああああ」

間髪《かんはつ》を入れず、風の大精霊さんが椅子の上でゴロゴロと転がりながら叫《さけ》び出す。

気持ちは分かるよ、俺はもうあの臭いに慣れたけどお前はまだだもんな。つーか早いな
おい。丸々と太った豚猫の癖《くせ》に俊敏《しゅんびん》だ。

「にゃおぉぉぉにゃぁあぁぁぁぁ」

「アルちゃんが逃げ出しちゃった！　スロウ様すぐに捕《つか》まえて戻ってきますからそれまでに新しい痩せ薬を飲んでて下さいね！　後で味の感想聞かせて下さい！」

「ちょ、ちょっと待ってよシャーロット！　今いいとこだったんだけどって——あー。行っちゃった」


ぽつんと俺は一人、部屋に残される。

一世一代の告白をしたつもりなのに全《すべ》てがうやむやになってしまった気がする。

はぁ、やっぱり未来を知ってても思い通りにはいかないなぁ。

でもま、悔《く》いはないよ。

真っ黒豚公爵《ぶたこうしゃく》の悲哀《ひあい》に比べれば百倍もましだからさ。

「とりあえずこれ。飲んでみるか」

厨房《ちゅうぼう》の料理長の力作らしい料理の脇《わき》に、これまたシャーロットの力作らしい異物の液体が詰《つ》まった瓶が置かれている。

――魔法と同じように料理だって成長する。

後悔《こうかい》や反省を糧《かて》にして、より良い明日を摑《つか》むために。

俺は痩せ薬をごくりと一口飲み込んだ。

感想は、うん。シャーロットの名誉のためにも、保留ということにしておこう。

　さてと。

『シューヤ・マリオネット』に至る筈《はず》の未来は俺の行動によって分岐《ぶんき》した。

真っ黒豚公爵が真っ白豚公爵に進化したのだから、これからどんな未来が俺たちを待っているか分からない。

ノーフェイスを捕まえてしまったという事実はすぐさま俺の家、大貴族であるデニング公爵家にも届くだろう。

それでも、何があってもシャーロット。

君を守るよどこまでも、と。

俺は固く心に誓《ちか》うのだった。

あとがき

あけましておめでとうございます。

というのも、今このあとがきを書いているのが一月四日なんです。正月の三が日を終え、そろそろあとがきの〆切《しめきり》だったなぁなんて思いながら、パソコンをいじってます。

昨年二〇一六年の夏前。この本を刊行しませんかとの連絡《れんらく》が来たのはそんな時期。そこから担当編集様とお会いして物語を共に作り上げ、一喜《いっき》一憂《いちゆう》しながら一冊の本を執筆《しっぴつ》する難しさを痛感しました。

そう考えると昨年は僕にとって、変革の年だったのかも。ならば今年は……すみません、ちょうど今。編集様から電話がありました。今、僕は天井《てんじょう》の高いカフェ（快適）でパソコンしているのですが一巻の原稿《げんこう》を取りに来て頂いたようです。では、行ってきます。帰ってきました。原稿を渡《わた》し、店舗《てんぽ》特典ｓｓについてのお話をしてきました。

特典の内容はやはり、スロウとシャーロットのダイエットがいいんじゃなかろうか。

この物語はなんといっても彼ら二人のお話ですから。

本編の中ではスロウが自ら率先してダイエットをしていますが、本編以外の部分ではシャーロットが様々なダイエットのアイデアを提案し、スロウも律儀《りちぎ》に実行しているに違《ちが》いありません。ですから、店舗特典の内容は彼女とのやりとりに決定です。

この先、主人公である彼が痩《や》せるのはいつになるのか。そして、痩せた姿をどこで披露《ひろう》してくれるのでしょうか。順調に行けばそう遠くない未来かも。

というところで、あとがきが書けるスペースも残り少なくなってきました。

本を手に取って頂いた皆《みな》さまも僕と同じ想いかと思いますが、カバー絵をはじめとするイラストがキャラクターの魅力《みりょく》をこれ以上ないほど引き出してくれています。

そんなこの一冊を刊行するにあたり、担当編集様や nauribon 先生をはじめと致《いた》しまして、デザイナーの方や校閲《こうえつ》をして頂いた方や印刷所の方、さらに僕が知らない所で尽力《じんりょく》して下さったであろう大勢の方に謝辞を述べさせてもらいます。皆さまの力で、こうして一冊の本を世に出すことが出来ました。ありがとうございます。

そしてこの本を手に取って頂いた読者の皆さま。どうでしたか？

二巻は四月刊行予定になりますので、また次のあとがきでお会い出来ればと思います。

次巻では果たしてどこまで痩せているのか……それではまた。

合田《あいだ》拍子《りずむ》

次巻予告

ダリス王室
守護騎士選抜試験開幕――

ダリスの未来を司る最高権力者――次期女王たるカリーナ・リトル・ダリス。件の活躍により、彼女から注目を受けたスロウは、女王専属の騎士、騎士国家ダリス最大の名誉である守護騎士選抜試験の参加要請を受ける。

試験内容は、サーキスタ王室殺し・嘆きのボルギィの討伐。

親類縁者を殺されたアリシアは黙っていられず、スロウと同行することになるのだが……

「豚のスロウ。先にはっきり言っておきますけど、
今でも私、貴方のこと――大嫌いですから」

守護騎士選抜試験を舞台に、二人の過去が明らかに――

豚公爵に転生したから、
PIGGY DUKE WANT TO SAY LOVE TO YOU
今度は君に好きと言いたい

VOLUME 2

2017年4月発売予定

This is because
I have transmigrated to piggy duke!

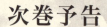

富士見ファンタジア文庫

豚公爵《ぶたこうしやく》に転生《てんせい》したから、今度《こんど》は君《きみ》に好《す》きと言《い》いたい

平成29年２月20日　初版発行
平成29年５月20日　三版発行

著者――合田拍子《あいだりずむ》

発行者――三坂泰二
発　行――株式会社KADOKAWA
http://www.kadokawa.co.jp/
〒102-8177
東京都千代田区富士見2-13-3
0570-002-301（カスタマーサポート・ナビダイヤル）
受付時間 9：00～17：00（土日 祝日 年末年始を除く）
印刷所――旭印刷
製本所――本間製本

※定価はカバーに表示してあります。
落丁・乱丁本は、送料小社負担にて、お取り替えいたします。KADOKAWA読者係までご連絡ください。（古書店で購入したものについては、お取り替えできません）
電話 049-259-1100（9：00～17：00／土日、祝日、年末年始を除く）
〒354-0041 埼玉県入間郡三芳町藤久保550-1
ISBN978-4-04-072228-3 C0193